TITULO DE LA COLECCIÓN

EL CAZADOR DE SUEÑOS Y EL VIAJERO DEL TIEMPO

TITULO DE ESTE TOMO

POHANAPUSA
(EL PODER DE LOS SUEÑOS)

José Antonio Mayayo Espinosa

Impreso en 2017

Cubierta original de
José A. Mayayo Espinosa

Primera edición: 2017
ISBN 978-84-617-8545-2
Depósito legal: LR-118-2017
José Antonio Mayayo Espinosa
elagujerodelgusano@gmail.com
Logroño, La Rioja, España

Dedicatoria

A mis nietos Daniel y Jorge, porque todavía en su universo. distancia, sueño o realidad son la misma cosa.

Indice

Agradecimientos

Debo agradecer a mis amigos Esther Novalgos, Carlos Peraita y Olof Sandstrom la paciencia demostrada al leer el presente trabajo y ofrecerme su inestimable punto de vista.

Prefacio de la colección

"El cazador de sueños", nació como relato corto, pero su protagonista Fred Jewel tomó la iniciativa y lo mismo que quien sueña no tiene control sobre lo soñado, él se independizó. Después llegó su unión con Hojo Takeshi y los acontecimientos tomaron un rumbo inesperado.

Los relatos cortos fueron entrelazándose para formar una red atrapa sueños en la que se ha ido tejiendo esta historia.

Con el nacimiento de un segundo protagonista con tanta o más fuerza que el primero, modifica el título inicial en el que ha quedado como definitivo, "El Cazador de Sueños y el Viajero del Tiempo", ampliando la "irrealidad" a otras épocas y otros universos desarrollados en tres momentos diferentes en los que la historia vuelve a mezclarse con los sueños dando lugar a la aparición de nuevos personajes cargados de sentimientos y pasiones.

La acción se desarrolla alrededor del año 2040 y las referencias a épocas históricas son a través de los recuerdos, quedando dentro de una nebulosa en la que existen otras realidades. No ha sido concebida como una novela histórica ni tampoco pretendo encasillarla en el apartado de ciencia ficción.

Creo más bien que podría encajar en el submundo de "novela onírica" donde los símbolos, el misterio, la realidad y la irrealidad se mezclan y que como en los sueños aparecen situaciones que en la vida cotidiana podríamos denominar absurdas, pero que solamente dentro de un sueño cobran significado.

Que solo en los relatos y en los sueños, puede surgir la pregunta ¿Qué es sueño y qué realidad?

Prefacio de este tomo

Con Pohanapusa (El poder de los sueños) se inicia una serie de episodios en los que un sueño se encuentra inmerso en otro sueño como si se tratase de una muñeca rusa.

Los protagonistas de estos relatos en contra de lo que pueda parecer, no son las personas, sino las situaciones establecidas por la voluntad despótica de los sueños.

Los personajes son hojas mecidas por el viento sobreviviendo o no, en función de su capacidad de adaptación al entorno propuesto.

Fred Jewel y Hojo Takeshi, dos personajes que utilizan el mismo cuerpo, serán tan impredecibles como la situación en la que se encuentran, pudiendo superarlo o no, en la medida en que sepan vivir el momento, para ellos no existe pasado ni futuro, solo presente.

Ambos saben que los conocimientos adquiridos en el pasado son su mochila de viaje, que pueden ser utilizados cuando lo requiera la necesidad. Su búsqueda es eterna, como lo es la de la piedra filosofal, el Santo Grial, el Agartha o el Shambala o cualquier otra cosa en la que necesitemos creer.

Lo bueno y lo bello solo pueden ser medidos en comparación con lo malo y lo feo, la capacidad de modificación en la comprensión de estos conceptos, solo le concierne a la mente.

El retorno al origen y la búsqueda de un universo mejor, son los dos polos que inician y cierran un círculo en el mismo punto.

Capítulo 1: El Huésped

Un sonido intermitente rompía el silencio de la habitación, la luz tenue de los monitores iluminaba la cara de un joven demacrado dándole un aspecto cadavérico.

Tenía una sensación desagradable, intentaba respirar profundamente para llevar más oxígeno al cerebro, los pensamientos se hacían cada vez más lentos, los párpados más pesados, sintiendo al mismo tiempo que allí a lo lejos su cuerpo se debilitaba. Los músculos se negaban a obedecer.

La convicción de que todo había acabado lo indujo al abandono, la mente dejó de luchar encontrando placer al ser arrastrado sin oponer resistencia.

Ante él se abría el vacío, se precipitaba a un abismo profundo, un pozo sin fondo, en el que la oscuridad cobraba vida y lo atraía, absorbiéndolo.

Sentía que un frio húmedo lo rodeaba, una masa viscosa en la que se diluía. Oscuridad, un zumbido en los oídos, la última exhalación de aire se convirtió en un estertor gutural. Una explosión luminosa, silencio, la nada.

- *¿Qué me está pasando?*

Un breve y lejano atisbo de consciencia abría otra puerta a la nueva realidad, en la que el espacio y el tiempo no se encontraban presentes, centrando la atención en un pequeño punto de relativa lucidez enmascarado por una ligera capa soporífera, que le proporcionaba libertad y ligereza por la pérdida de las ataduras que le unían al cuerpo.

No existían pasado ni futuro, solo presente junto a la sensación de inmediatez.

En un instante había pasado de estar lleno de vida a notar que su cuerpo se vaciaba como si se tratase de un traje abandonado en el suelo después de haber sido usado.

La oscuridad lo arropaba, lo envolvía formando una pared densa, casi infranqueable, aunque en su interior surgía algo nuevo, un ligero latido, unido a un suave movimiento en zigzag.

La atmósfera ambiental se fue modificando, dejó de ser densa y viscosa para convertirse en una lámina fina y flexible que iba adquiriendo la forma de un gran tubo, dando alojamiento en su interior al naciente movimiento ondulante.

- *¿Qué es todo esto?*

El sopor daba paso a otro estado de conciencia más lúcido, permitiéndole distinguir un inicio de actividad, trataba de realizar pequeños movimientos, lo que le exigía desarrollar un gran esfuerzo.

-Dormir....dormir...dorm...

Malestar, rechazo a una situación molesta, el movimiento no cesaba, por el contrario fue intensificándose hasta alcanzar una rapidez y energía similar a la ejercida por una descarga eléctrica.

Sentía una presión muy fuerte, como si se encontrase en el interior de un caparazón que lo oprimía. A la vez comenzaban a aparecer leves recuerdos de un pasado lejano.

La pesadez había desaparecido, quedando en su lugar ligereza e ingravidez no existía el lastre de la materia. Solo oscuridad, frío mezclado con miedo, mucho miedo, aspereza, incomodidad y opresión, chasquidos de fricciones eléctricas como si se encontrase en el interior de un cable de alta tensión.

Otras sensaciones pugnaban por abrirse camino en un minúsculo punto de la mente, permitiéndole distinguir la existencia de un roce molesto y excitante, que había comenzado con suavidad para convertirse progresivamente en un movimiento rápido y molesto con un sonido similar al producido por un latigazo.

Era consciente de que, de la oscuridad, había surgido una chispa, una explosión sorda y una gran fuerza de absorción hacía que el suave movimiento ondulatorio se convirtiese en otro lineal que se movía avanzando a velocidad creciente hasta alcanzar niveles insospechados, aumentando al mismo tiempo la presión en la pequeña chispa luminosa que hacía que se produjese una vibración molesta.

Deseaba que aquel suplicio parase, necesitaba descansar, se había despedido del mundo, su cuerpo diluido había quedado atrás.

Después de experimentar el vacío, y de haber conocido la paz, era decepcionante encontrarse con tanta agitación.

La oscuridad del túnel había desaparecido, dando paso a una barrera de luz intensa, formada por un sinfín de colores y destellos, hacia la que era impulsado por una fuerza imparable.

La oscuridad ,la humedad viscosa, la luz molesta, ya eran pasado, adelante luz tenue, sonidos y conversaciones extrañas.

-Hay que proteger al Shogun[1]*....*

-Ha sido una niña, mi señor.

- ¿Qué es todo esto? ¿De dónde salen las voces?

La luz se fue intensificando, la sensación de velocidad persistía, la incomodidad cesaba, algo había cambiado, la percepción de sí mismo no era igual. Había dejado de ser una ameba para distinguir

---

[1] Persona que de forma totalitaria gobernaba Japón en nombre del emperador

un inicio creciente de vida. Comenzaba a reconocer la luz, las palabras...

Desde el fondo se le acercaba una imagen que amenazaba con absorberlo, le traía recuerdos y trató de reconocerla, a pesar del esfuerzo le resultó imposible conseguirlo.

Se vio envuelto por la figura, y ya en su interior pudo distinguir una forma triangular formada por otras cuatro figuras también triangulares.

Una voz lejana le golpeó con fuerza, repitiendo con sonidos entrecortados una sola palabra, "HOJO[2]"

Desconocía su significado, e inexplicablemente aparecieron sentimientos que le preocupaban, recuerdos deshilachados de un pasado lejano que le hicieron reconocer la nueva sensación y ponerle nombre, MIEDO.

Reconocerlo, hizo que aflorasen otros recuerdos más lejanos en el tiempo y que en ese momento le resultaron vívidos y frescos.

Su nombre, Hojo Takeshi nacido en Izu y descendiente del clan Taira.

Recuerdos que le confundían y se entremezclaban al mismo tiempo con otros totalmente distintos.

Fred Jewel, nacido en Ohio el 11 de noviembre de 2011. El nombre y la fecha y su rango de teniente del cuerpo de marines martilleaba su cerebro con machacona insistencia y también ese nuevo nombre lo sentía como propio.

-*¿Cómo podía ser dos personas al mismo tiempo?*

Algo no cuadraba. Su mente parecía una centrifugadora en la que los pensamientos giraban produciéndole sensación de mareo.

---

[2] Clan japonés, que ostentó la regencia durante el periodo Kamakura

Otra vez el movimiento vertiginoso. Una fuerte explosión de luz y sonidos. Un niño, el patio de una casa, caricias de una mujer joven muy bella.

Las escenas se suceden a gran velocidad, ahora el mismo niño se enfrenta a un adulto con un ***bokken***[3], lo reconoce, es Muratomi su tío, el compañero de su padre en las batallas. La escena se diluye y se convierte en otra totalmente distinta, como si se tratase de una película, las imágenes que aparecían por el lado izquierdo desaparecían rápidamente por el derecho, para cambiar a otro momento totalmente distinto.

Una escena familiar, apacible. Takeshi ya adulto y con un parecido sorprendente a Fred Jewel que junto a una joven y una niña pasean por un jardín. Los cerezos en flor, espacios rastrillados, un chorro de agua trasmitiendo calma y la seguridad del hogar. Un ambiente relajante cargado de poesía.

Una nebulosa, luz mortecina y cambia la escena dando paso a choques de armas, gritos, piafar de caballos asustados.

- *¡Kurikara*[4]*!*

Las secuencias se suceden, se superponen y se difuminan, pasando rápidamente hasta desaparecer por completo. Solo el recuerdo permanece.

- *¡Golpead con fuerza a la retaguardia!*

Más imágenes, un caballo zaino montado por un samurai que va de un lado a otro dando órdenes y atacando los puntos vulnerables del enemigo, su odosi-gei (armadura ligera) es inconfundible, su color púrpura suponía una ofensa al Clan Taira.

---

[3] Sable japonés de madera utilizado en los entrenamientos.

[4] Batalla que tuvo lugar el 2 de junio de 1183 en el paso de Kurikara provincia de Etchu.

-Soy Hojo Takeshi nieto de Taira no Kiyomori. Vuestra Ageha-cho[5] *de muerte.*

De las gargantas de los guerreros de toda el ala izquierda del clan Hojo surgió un rugido unánime que formaba su grito de guerra.

- ¡Ageha-cho, Ageha-cho!

Takeshi revoloteaba espada en mano emulando a la mariposa púrpura emblema de su familia materna y ahora enemigos.

La oscuridad rodea a Fred Jewel que comienza a despertar, su cuerpo se reactiva, su mente vuelve a la realidad.

La universidad, su licenciatura en Bioquímica, cobaya en este experimento dirigido por la doctora Laura Rostand, su mentora y directora de su tesis doctoral, en la que trata de confirmar la teoría del "Puente de Einstein-Rosen" en la búsqueda del "agujero de gusano" que permita viajar por los Universos Paralelos.

La confirmación de dicha teoría permitiría alcanzar un nuevo avance para la ciencia e importantes logros para la humanidad pudiendo llegar a un punto del futuro pudiendo descubrir avances en materia sanitaria y descubrir enfermedades desconocidas pudiendo utilizarlas para estudios preventivos o como armas bacteriológicas.

Cuando decidió el tema de la investigación para su tesis, las personas más allegadas intentaron disuadirlo. Se lo expuso a la doctora Rostand y sorprendentemente le animó y se ofreció para dirigir la investigación.

Esta primera parte del experimento había llegado a su fin, se trataba de encontrar una parte del pasado reconocible históricamente, mediante la teoría que propone, qué tomando como modelo algo que pueda comprobarse y si la visita al pasado es fiable, luego, también puede descartarse el error en la visita al futuro, realizando un primer

[5] Mariposa púrpura emblema del clan Taira.

"viaje" a un futuro cercano, y una vez comprobado podrían hacerse incursiones más lejanas en el tiempo.

La doctora Rostand se le acercó y revisó las mediciones del electrocardiógrafo, acercó una pequeña linterna y comprobó el movimiento de las pupilas de Fred.

-Hola, ya has vuelto ¿Cómo te encuentras?

-Hola doctora. Estoy bien.

Laura Rostand revisó nuevamente las mediciones antes de volverse hacia Fred.

- ¿Has llegado a algún lugar?

-No, nada serio. He visto imágenes, luces, sonidos. Pero nada útil para nuestro trabajo.

Se dibujó un gesto de contrariedad en los labios de la doctora mientras comentaba con desánimo.

-Está bien, veremos cómo va la próxima vez. Ahora descansa.

Fred entornó ligeramente los ojos y sus labios se distendieron en una ligera sonrisa, mientras su mano derecha se dirigía hacia el antebrazo izquierdo posándose justo en el lugar donde había aparecido un tatuaje triangular. Él sabía que era el emblema de su clan. Para todo el mundo era Fred Jewel, y conservaba sus recuerdos, pero en su interior se ocultaba Hojo Takeshi.

Se incorporó en la camilla mientras le retiraban los electrodos y saliendo de la cabina insonorizada, se dirigió al vestuario.

Llovía, estaba anocheciendo. Fred salía por una puerta lateral de la Facultad de Medicina. Respiró el viento frío mezclado con pequeñas gotas de agua, se pasó descuidadamente los dedos por la frente retirando un mechón de pelo que le caía sobre los ojos y con paso rápido se dirigió a la parada del bus mezclándose con una riada de estudiantes que se apresuraban para dirigirse a sus domicilios y pasar el fin de semana.

Tratando de protegerse de la fina lluvia, no se dio cuenta de que alguien le seguía. Introdujo las manos en los bolsillos del abrigo y sonriendo, se acordó de la doctora Laura Rostand y mentalmente susurró

-***"Domo Arigato[6]"***

[6] Muchas gracias.

Capítulo 2: Entre dos mundos

Subió al bus dirigiéndose a un asiento en el fondo alejado del resto de los viajeros. Después de la experiencia vivida se encontraba cansado y quería analizarla. Dejó que su mirada se perdiese entre las gotas de agua que resbalaban por el cristal empañado por el frío del exterior, creando una película que dejaba entrever la luz mortecina emitida por las farolas de la calle.

Como en otras ocasiones se refugió en los recuerdos y también como en otras ocasiones las imágenes pasaron por su mente como si se tratase de un viejo film a cámara lenta. Recordó todo lo que le contaba su abuelo sobre sus antepasados los ***"soñadores"*** del Clan del Lobo Blanco. Siempre le habían atraído esas historias.

El entrenamiento desde niño en la práctica de los sueños, el encuentro con su animal totémico que le servía de compañero en sus ***"viajes"*** y el trabajo de investigación de su padre sobre el sueño como vehículo hacia los universos paralelos, fueron el principal motivo para elegir el tema en el que basar la investigación ***"La puerta a otros mundos"***, desembocando en la experiencia vivida en los sótanos de la universidad, donde temporalmente había establecido una de sus sedes el Institute for Research of Parallels Universes (IRPU).

Quería llegar a su casa y necesitaba dormir. Se había dejado llevar por la intuición y no le había contado toda la verdad a la doctora Rostand, ocultando lo que consideraba una experiencia personal, con la convicción de que desvelarlo sería traicionar a los antepasados.

- No podía hacer públicos los conocimientos ancestrales que había recibido en secreto desde niño.

Sus pensamientos no suponían un obstáculo para prestar atención a lo que sucedía a su alrededor, con el rabillo del ojo veía como un grupito de jóvenes gastaban bromas entre ellos, una pareja se besaba dos asientos delante de él y a pesar de todas las distracciones aparentemente seguía contemplando los meandros formados por las gotas de agua en la ventanilla.

Llevaba un rato viendo reflejado en el cristal a un hombre que lo miraba fijamente y eso había hecho que se mantuviese en guardia, su instinto le decía que le estaba siguiendo.

Estar atento a esos detalles aparentemente insignificantes era algo que había aprendido a través de las enseñanzas recibidas durante su infancia en las prácticas de seguimiento a los animales del bosque, perfeccionándolo durante el tiempo de servicio en los marines como tirador de élite.

-No eres buen cazador.

Recordó que lo había visto hablando con la doctora Rostand y descartó la primera idea de descansar. Tuvo claro que lo estaban vigilando y sin dudarlo decidió abandonar el trabajo de investigación en la universidad y cambiar de domicilio.

-No hay nada que decidir, ya han decidido por mí.

No podía hacer público todo lo que había conseguido.

-Lo mejor será falsear un informe junto a una carta de disculpa por haber fracasado. Eso me dará tiempo para analizar lo que ha sucedido y podré idear un plan para alejarme.

Debería arreglar todos los asuntos pendientes y buscar un lugar apartado donde comenzar una nueva vida.

Como cada noche, se dirigió al restaurante cercano a su apartamento, quería hablar con su amiga Mary, la camarera.

-Buenas noches Mary, quería hablar contigo.
-Hola Fred, tú dirás.

La cara de Mary se iluminó creyendo que de esa conversación podría salir una cita, Fred le gustaba mucho.

-Voy a pedirte algo muy importante para mí, no lo haría si no confiase plenamente en ti.
-Vale, pero dime. ¡Me tienes en ascuas!

Dirigiéndose hacia la ventana de forma que resultase normal le dijo:

- ¿Ves el hombre que está mirando el escaparate de la tienda de lencería de enfrente?
- ¡Claro que lo veo! No es la primera vez que está ahí.
- Me está siguiendo.

Al ver la cara de Mary, se apresuró a continuar.

-No. No he hecho nada malo, se trata de un experimento y cuanto menos sepas mejor para ti, así que perdona por no darte explicaciones. Confía en mí.

Esperó un instante observando la reacción de la chica y al ver que comprendía la gravedad del asunto siguió hablando:

-Tengo que irme durante un tiempo, si viene a preguntar por mí, le dices que tengo mucho trabajo y pido la comida por teléfono. Ahora muchas gracias, nos volveremos a ver.

Creía que no era lo más adecuado, y a pesar de ello decidió dirigirse a su cabaña en las Rocosas, necesitaba volver a sus raíces, pensar y tomar decisiones.

Un Ford ranchera clásico del año 2016 avanzaba por la carretera que bordeaba un terreno abrupto en la falda este de las Montañas Rocosas, en dirección a Shoshone Falls[7].

[7] Parque nacional en el estado de Idaho

Atento a las sinuosidades del camino tarareaba una cancioncilla que le cantaba su madre. Tan solo eran retazos de una balada que hablaba de un niño que se convertía en águila.

Un niño miraba al cielo
viendo un águila volar
viendo un águila volar
corría, extendía los brazos
para poderse elevar.
Mamá quiero ser águila
y otros mundos visitar.
Mamá quiero ser lobo
y libre en el bosque cazar
y libre en el bosque cazar....

No recordaba más de esa especie de nana que le ayudaba a relajarse transportándolo a otros momentos más agradables. Cuando era un niño era el recurso que utilizaba su madre para mantenerlo distraído durante los viajes que hacían para visitar a su abuelo, de los que le quedaban recuerdos muy lejanos.

Al mismo tiempo dejaba que su vista resbalase distraídamente por aquellos parajes que no visitaba desde hacía muchos años, la última vez fue para hablar con su abuelo y solicitar su permiso para ingresar en el ejército.

Rocas peladas, grupos de árboles, y lo que más le había atraído siempre, el río Snake. Sus aguas unas veces tranquilas y otras rápidas y bravas que se precipitaban en las cascadas Shoshone.

Con los paisajes y los recuerdos conservados desde la niñez iba conformando el mapa que le permitiría llegar a la cabaña en la que había pasado los veranos después de que sus padres muriesen en accidente de tráfico y su abuelo paterno se hiciera cargo de él.

La pesca del salmón era otro de sus recuerdos, cuando llegaba la primavera, el abuelo Matheus Jewel lo llevaba hasta las cataratas y aprovechaba para explicarle la importancia del salmón en la dieta de sus antepasados.

Recordó con una sonrisa la primera vez que vio las cataratas, nunca había visto tanta cantidad de agua precipitarse desde tanta altura. Fue muy emocionante, habían pescado un gran salmón y su abuelo después de explicarle que la madre del salmón había subido desde el mar nadando contra la corriente y al hacerse mayor, el pez volvía al mar.

Después de las explicaciones, se quedó pensativo y preguntó:
-Abuelo, ¿cómo suben la catarata si no hay ascensor?

El abuelo le contestó sonriendo:
-Con mucho esfuerzo, y no todos lo pueden conseguir.

En el día a día era Silkah la que se encargaba de cuidarlo, le enseñó a distinguir las plantas y sus propiedades, también a observar a los animales y escuchar los sonidos en el bosque. Siguió sus indicaciones y desarrolló su capacidad de ***"soñador"*** también fue quien le ayudó a encontrar a su animal totémico. El águila calva que le permitió visitar las tierras del Ainga-Waani[8].

Al cumplir 17 años pidió ingresar en los Marines sirviendo en sus filas durante cinco años, después llegó West Point, Biología en Columbia y los trabajos de investigación en la Estatal de Ohio.

En este último periodo falleció su abuelo, siendo ese el motivo por el que no había vuelto a la cabaña. Se trataba del último vínculo físico que le unía a él, la posesión de la cabaña y los terrenos adyacentes habían pertenecido a su familia desde hacía siglos, en la época de la colonización.

[8] Zorro rojo en lengua shoshone

Solamente eso hubiera sido motivo suficiente para negarse a venderla, sabía que su abuelo no hubiese aprobado la transacción.

Se trataba del lugar donde se había reunificado la tribu de sus antepasados y aunque en ese momento sus miembros se encontraban dispersos, no hubiesen comprendido que eso hubiera ocurrido.

El origen de esta negativa no era solamente sentimental, tenía raíces mucho más profundas, aunque legalmente era de su propiedad, moralmente no le pertenecía, hacía casi dos siglos que se había sido escriturada a nombre de Thomas Jewel descendiente por línea directa de Sacajawea, hermana de Camehawait, según le había contado su abuelo. Lo habían ideado así para evitar que en el reparto de tierras a los colonos en detrimento de sus antiguos ocupantes fuese a parar a otras personas ajenas a ellos, con esta pequeña trampa legal, la tribu siempre consideró las tierras como propias.

En esa cabaña se encontraban el punto de unión de sus antepasados, donde la línea de su padre y la de su madre se fusionaban en un solo tronco. No había conocido a la familia de su madre y lo que sabía de ella se lo debía a su abuelo Jewel y a Silkah, ambos le habían contado que a pesar de existir amistad entre ambas familias, Ainkaagai'[9], su abuelo materno, se habían negado a reconocer el matrimonio de sus padres, y estos ante la negativa decidieron crear su nueva familia en Ohio.

El abuelo Jewel a veces se ponía nostálgico recordando el accidente y acariciándole el pelo solía decir:

-Algún día tendrás que visitar a tú abuela y conocer tu otra mitad de la familia. Además, ella te contará cosas que debes saber.

- ¿Qué cosas abuelo? Cuéntame.

-Son cosas que solamente ella sabe.

---

[9] Salmón rojo, en lengua shoshone.

A medida que se acercaba al punto donde siempre paraba en los viajes que hacía con su abuelo, comenzó a interesarse por otros temas más prácticos.

Con el fondo fiduciario que habían dejado sus padres y los bienes financieros de la herencia de su abuelo, podía permitirse una larga temporada hasta que encontrase un medio de subsistencia estable, y eso debido a su decisión lo veía bastante difícil si no imposible, no solo había roto el vínculo que lo unía a la doctora Rostand, sino que había huido con pruebas de una investigación en la que los servicios secretos estaban interesados y eso podía ser tomado como un acto de alta traición.

-Tendré que darme prisa para que mis apoderados cambien todas mis cuentas y poder desaparecer.

Podría quedarse un tiempo en la cabaña, ordenar sus asuntos legales, y después decidiría qué hacer. De lo que si estaba seguro era de que lo buscarían y si quería evitar que lo encontrasen tendría que cambiar de identidad.

-En otro momento pensaré algo, ahora necesito descansar.

Llegó a una pequeña explanada familiar para él y saliendo de la carretera paró el vehículo y se quedó mirando los picos más lejanos de las Rocosas cubiertos todavía de nieve al final del invierno.

Se encontraba cerca de la cabaña, se trataba de otro punto de visita obligatorio al que acudía en compañía de su abuelo o de Silkah, ellos aprovechaban para contarle un cuento fantástico sobre el inicio de la tribu de sus antepasados, sobre los hechos ocurridos en aquel mismo lugar. Escuchaba atento a todos los detalles de la historia y mantenía la respiración cuando el relato llegaba al momento de la batalla que se había desarrollado entre aquellas rocas.

Sentado ante el volante de su viejo Ford Raptor se encontraba absorto en sus recuerdos con la mirada perdida en la lejanía.

El sol había llegado a su cenit y la luminosidad de la nieve en las cumbres le atrajo poderosamente. Había conducido más de un día atravesando varios estados, sin apenas descansar, esta parada era importante para él porque le recordaba otras paradas y otros viajes de su infancia. Al llegar a este punto quería poner en orden sus pensamientos antes de finalizar el viaje, acomodándose en el asiento se relajó.

La mirada fue haciéndose ligeramente acuosa, podía ser debido al cansancio o a la emoción del retorno a la cabaña, o tal vez por cualquier otro motivo, se apoderó de él un sopor preludio del sueño, surgiendo unas imágenes al principio transparentes, como si se fuesen creando sobre capas de vapor y al ir avanzando se fueran materializando en el horizonte donde los picos de las montañas se unían con el cielo.

Se frotó los ojos para eliminar los posibles vestigios del cansancio y aunque se despejó, no apreció ningún cambio. Todo seguía igual, las mismas imágenes, al principio imprecisas, vibrantes, como si las cubriese un espeso esmog, una neblina maligna, que poco a poco se habría en jirones, haciendo que la visión se hiciese más nítida, hasta poder ver la escena con total claridad.

Un ejército de antiguos guerreros samurai cabalgaban hacia un destino a primera vista indeterminado, presumiblemente se dirigían hacia una batalla. Un sentimiento extraño surgió desde lo más íntimo de Fred. No recordaba haber visto nunca nada igual y sin embargo le resultaba conocido. Una voz resonaba dentro de su cerebro ***"Kurikara"***[10]

[10] La batalla de Kurikara 2 de junio de 1183, entre el Clan Taira y el Clan Minamoto

Todo comenzó a dar vueltas, sensación de mareo, inseguridad, la luminosidad del mediodía dio paso a una oscuridad creciente.

- *¿Cómo se había formado una tormenta?*

La lógica brillaba por su ausencia, estaba habituado a vivir situaciones similares producidas durante el sueño, pero nunca le había sucedido de manera espontánea, haciendo que apareciese la intranquilidad que pasó a convertirse en desconcierto para transformarse en ira.

Algo desconocido le amenazaba, una fuerza irrefrenable comenzaba a desarrollarse, se elevaba desde su interior ahogándolo, apoderándose de su voluntad. Una personalidad ajena a sí mismo quería tomar las riendas de su mente.

Era la primera vez que experimentaba algo tan primitivo, una furia ciega, bestial, sentía el peligro como cuando se siente una tormenta haciendo que fluya la adrenalina.

Al mismo tiempo otra fuerza tan impresionante como la otra, pero mezclada con una dosis de calma y tal vez por eso podían parecer complementarias.

Esta faceta la reconocía originada por sus sentimientos más íntimos, le transmitían la calma y frialdad adquiridas mediante su entrenamiento en el ejército, desarrollado durante sus largas horas de espera ante su fusil Cheitak de intervención, que le exigía calma a la vez que se revelaba contra lo que consideraba una intromisión por no decir invasión de su intimidad.

El peligro radicaba en que no se trataba de un ataque externo y por eso su estado de vigilancia se resquebrajó dando rienda suelta a su furia, trató de calmar la cantidad de emociones que se agolpaban para que no se desbordasen.

Era como si un niño quisiera parar una riada con un poco de arena. Se estaba generando otra tormenta más grave y difícil de enfrentar.

Dos fuerzas iniciaban un enfrentamiento y al parecer una más fuerte que la otra. Suavidad y fuerza, dos épocas y dos civilizaciones distintas enfrentadas, la fuerza instintiva contra la fuerza reflexiva, la locura ciega engendrada por el miedo contra otra manifestación de miedo controlado mediante entrenamiento, para que no llegue a convertirse en pánico, Yin y Yang enfrentados y al mismo tiempo inseparables.

A pesar de la dificultad que suponía la comprensión de aquel momento, en la mente de Fred se fue abriendo una pequeña rendija que permitió el paso a un tímido rayo de luz permitiéndole atisbar ligeramente lo que pasaba, prestando atención a una voz lenta y profunda que emitía un grito desesperado.

-Déjame salir. Soy tu señor. Tú eres menos que un "eta[11]".

Fred todavía desconcertado se golpeaba la cabeza buscando una solución rápida, al mismo tiempo que gritaba

- ¡Calla! Tú te has metido en esto. No podrás conmigo.

La resistencia ofrecida por Fred, exasperaba cada vez más a la voz.

-Soy Hojo Takeshi y tú no puedes impedir que cumpla con mi deber de samurai. Tengo que avisar a mi padre y prevenirle de la traición para salvar a mi familia.

-Lo que pasó con tú familia hace siglos que pasó, ahora no puedes hacer nada por ellos.

-Quiero volver y si para ello tenemos que luchar, lucharemos.

[11] En Japón casta situada en la parte más baja del escalafón social, considerada impura.

Fred trataba de ganar tiempo esperando que la voz que golpeaba su cerebro comprendiese o al menos dejase de oírla e instintivamente contestó:

-Intentas volverme loco. Solo eres algo que hace estallar mi cabeza, y no lo permitiré. Este es mi cuerpo y tú solo eres un intruso.

Una nueva idea comenzó a martillar en su mente.

"Aquello no era normal. ¿Se habría vuelto loco? ¿Estaría equivocado? ¿No sería una alucinación? No era psiquiatra, pero aquello se asemejaba a un caso de esquizofrenia.

Esta conclusión le asustó haciéndole abandonar la lucha. El cansancio hizo presa en Fred y fue cayendo en un extraño sueño, o más bien en una pesadilla. Reconoció el paso a un mundo distinto.

Japón siglo XII, en el sueño no era Fred Jewel, aunque parecía su hermano con la diferencia que tenía el pelo moreno y los ojos negros, sin embargo, en ese momento era Hojo Takeshi, hijo de Hojo Tokimasha y de su concubina más joven, una onna-bugeisha (mujer samurai) nacida en el clan Taira y descendiente directa del emperador Kanmu, ella le había enseñado a utilizar la naginata (especie de lanza) con la suavidad de una mujer y la fiereza de un samurai.

Había acudido para ayudar a su padre a proteger a su familia de los intentos de su hermana Masako para ser cabeza del clan Hojo, poseyendo al mismo tiempo el dominio del clan Minamoto que había obtenido como regente a la muerte de su esposo, hasta la mayoría de edad de sus hijos y de esta forma tener en sus manos todo el poder político, siendo realmente el Shogun en la sombra.

En las cercanías de Ishibasiyama, en el mismo lugar donde se produjo una gran batalla dos décadas antes, una emboscada frenó el avance del grupo, un golpe fuerte, la caída del caballo y Takeshi ya en el suelo se dio cuenta de que lo habían herido y que era grave. La imagen de su mujer y su hija le vinieron a la mente al mismo tiempo que les enviaba un pensamiento de despedida.

-Adiós amadas mías, que Hachiman[12] *nos acompañe y nos proteja. Allí donde vaya os buscaré, aunque tardemos mil vidas en encontrarnos.*

Debilidad y un extraño sopor, las sombras comenzaron a invadir su mente, hizo un último esfuerzo para mantenerse con vida cuando algo o alguien se le acercaba y en su semi consciencia, se aferró a aquella sombra. Después, la nada, una temperatura agradable, el descanso.

Dentro del sueño Fred, se vio a sí mismo como una sombra que se fundía en un solo ser con Takeshi. Su cuerpo dio una serie de sacudidas devolviéndole a la realidad.

El sol seguía brillando, no había rastro de tormenta. Solo habían pasado quince minutos, pero le pareció toda una vida y fue consciente de que el experimento había sido fructífero.

Podía decir que en él se encontraba la prueba del éxito. No estaba loco, respiró profundamente y la satisfacción del descubrimiento hizo que esbozase una sonrisa.

-Ya está confirmado, ¡"la puerta" existe!

Dio al botón de encendido e inmediatamente el motor rugió con potencia, y poniéndose en marcha se dirigió a la carretera para hacer el último tramo hasta la cabaña.

....

La doctora Rostand se encontraba sentada ante la mesa del despacho que usaba para los asuntos del IRPU en los sótanos de la Facultad de Medicina, a través de la puerta abierta podía oír unos

[12] Dios de los samurai

pasos que se acercaban, reconoció a Robert por su manera de andar, era el hombre que había destinado para la vigilancia de Fred.

No le dio importancia porque sabía que le traería el informe del seguimiento.

-Buenos días doctora, lo seguí como me ordenó. A las diez apagó la luz de su dormitorio como todos los días. Ayer por la mañana había luz en otra habitación y pensé que estaba haciendo el informe, al mediodía pregunté a la chica del restaurante donde come y me dijo que había pedido comida. Esta mañana he vuelto y al ver todo cerrado, he entrado en el apartamento y estaba vacío. Siento mi torpeza, el pájaro ha volado.

El hombre agachaba la cabeza y miraba la punta de sus zapatos esperando una reprimenda de la doctora.

Al otro lado de la mesa, la cara de Laura Rostand no manifestaba ninguna alteración, y dijo para sus adentros.

-Niño...niño... ¿Crees que me puedes engañar?

Y dirigiéndose al hombre, le dio una orden.

-Tiene un coche antiguo. Llama a Anthony y preparad uno de nuestros coches con escáner. ¡Vamos a buscarlo!

Capítulo 3: La Cabaña

El 4x4 dejó la carretera de montaña para adentrarse en un camino de tierra que internándose por un bosque de robles desembocaba en una explanada en la que se levantaba una cabaña protegida de los vientos por una gran roca que para Fred era mágica debido a sus formas caprichosas esculpidas por los elementos que la habían azotado durante milenios.

- *¡Ya estamos en casa! Ahora veremos qué es lo que puede hacerse.*

Detuvo el vehículo y recordando los juegos infantiles, se introdujo en un mundo cargado de fantasía.

La roca le había servido para estimular su imaginación, siendo un elemento fundamental de inspiración de sus juegos infantiles. Sonrió recordando las distintas formas que él veía en la piedra según el momento del día o del punto desde donde la mirase.

En ella se encerraba todo un universo de seres mitológicos con los que el niño alimentaba sus historias. Unas veces era una tortuga, que sustentaba el firmamento. Otras veces aparecía un bisonte que siempre protegería la abundancia de comida. El lobo y el jaguar también eran otras de las figuras existentes en la roca.

Con todos ellos en su fértil imaginación se reunía en el bosquecillo que protegía la zona de miradas indiscretas.

Para él la roca rebasaba la frontera de lo mágico, alcanzando un nivel superior, aunque lo que le confería un carácter sagrado era el sonido ululante que surgía de su interior cuando azotaba el viento del norte. Creía que era producido por los lamentos de sus antepasados al ser expulsados de sus tierras canadienses.

Cuando fue haciéndose mayor comprendió que todos aquellos sonidos tenebrosos no tenían nada que ver con espíritus, se trataba algo mucho más natural. Eran producidos por el viento al atravesar unas oquedades dispuestas estratégicamente, cumpliendo inteligentemente con la función de una flauta.

Apartó los recuerdos, descendió de la ranchera y comenzó a descargar sus pertenencias.

Aquella noche durmió en el dormitorio que había pertenecido a su abuelo y aunque al principio cayó en un sueño profundo debido al cansancio del viaje, no tardó mucho en sentirse intranquilo. Del sueño profundo pasó a un duermevela en los que en algunos momentos se introducían sueños intranquilos, acompañados de gran agitación.

Le había pasado otras veces, y siempre que se producían lo hacían en situaciones similares.

....

El viento le azotaba y arrastraba unos copos helados que le golpeaban la cara, a su lado un gran perro era toda su compañía, había salido del poblado en las llanuras de Saskatchewan[13], donde podían pescar salmón o cazar búfalos.

En los últimos tiempos disponían de un nuevo animal, el caballo, que entrenándolo bien mejoraba el resultado de la caza, lo que suponía mayor cantidad de carne y pieles.

El perro había pasado a ser un animal de compañía y solo lo utilizaban para el transporte, las mujeres y los niños.

Camehawait, había pasado una luna fuera del poblado, tenía que superar la prueba de sus ***"largas noches"*** y para poder ser considerado guerrero de la tribu, debía dominar los sueños.

---

[13] Región canadiense del oeste, con capital en Regina.

Con ese propósito se había dirigido a Pia-Patekuttsa[14] en los grandes páramos fangosos, para soñar y conectar con los antepasados para que le revelasen el futuro de su pueblo.

Aunque había cumplido catorce inviernos, sus cualidades en la caza, la lucha y en su capacidad para descifrar los sueños, le habían hecho posible adelantar el momento de ser considerado adulto, pero entre los ancianos había algunos que tenían dudas de que lo pudiera conseguir.

Era la primera vez que pasaba tanto tiempo separado de su familia, y en vez de ser un impedimento resultó un acicate para vencer todas las pruebas.

Le habían enseñado a cazar y pescar, y lo que era más importante para poder mantenerse con vida en territorio hostil, a estar atento a los cambios que aparecían a su alrededor y poder descubrir posibles amenazas de los guerreros de otras tribus que tradicionalmente estaban en pugna por las tierras, y en ese momento por la posesión de los caballos.

Cazó y subió al pequeño cerro pelado de arenisca hasta que divisó el lugar adecuado para establecer su "noo" (lugar de acampada). Encontró un pequeño manantial cercano a un viejo árbol seco, con unas raíces largas y densas que podían servirle de refugio. Se introdujo en el hueco y se dispuso a pasar la noche.

Los sueños se negaban a aparecer, y recordó lo que siempre le decía su abuela:

-No podrás soñar si sigues impidiendo que lleguen. Deja de ser tú y hazte uno con la naturaleza. Danza con el universo y permite que todo fluya.

---

[14] Zona de páramos fangosos al sur de Saskatchewan y norte de Montana actualmente Castle Batte

Su abuela era sabía, le había transmitido el poder de los sueños, era la primera vez que soñaba en solitario y el resultado le inquietaba. No tardó mucho tiempo en que estos apareciesen dándole la información que necesitaba.

La luna fue cambiando y le anunciaba el momento del regreso. Se preparó para la vuelta y llamando a su perro se puso en camino.

-Vamos Lobo, es hora de volver al poblado.

La preocupación lo mantenía alejado de la realidad. Entretenido en sus pensamientos, no se dio cuenta de que había más silencio de lo normal, no se oía la habitual algarabía de los pájaros, el viento anunciaba peligro. Lobo enderezó las orejas, se adelantó un poco gruñendo como si le advirtiese de la existencia de un peligro.

Un aullido del perro lo devolvió a la realidad, era tarde, el animal yacía en el suelo con una flecha clavada en el corazón, Camehawait extrajo su huuwahani' (hacha de guerra) con la mano derecha mientras la izquierda se dirigía a la empuñadura del biawihi (cuchillo de caza).

Pudo verlos salir de entre los arbustos, los reconoció, eran baki'ehe' (pies negros) asquerosos como ratas (kaan).

Su primera intención era enfrentarse a ellos en lucha desigual, pero su instinto le decía que debía huir de aquel peligro y avisar al poblado de lo que le habían comunicado los sueños.

Mirándolos fijamente, escupió en el suelo con despreció y gritó:

- No merecéis ser llamados hombres, soy un newe (shoshone) y haré que vayáis a las grandes praderas. Diré a vuestros antepasados que os acojan.

Iniciando una veloz carrera los fue llevando hacia un terreno pantanoso oculto por la vegetación y la nieve. Mientras corría seguía gritando:

-Pondré una pluma en mi cabellera por cada uno de vosotros que envíe a las "grandes praderas"

En su carrera fue desviándose hacia unas dunas, procurando que le siguieran.

....

Fred se movía con la respiración agitada. Tenía las sábanas enroscadas al cuerpo, lo que le producía una sensación de ahogo, despertó empapado en sudor.

Permaneció un rato más en la cama tratando de poner en orden aquel sueño, que se repetía desde que tenía uso de razón.

Miró al techo y dijo en voz alta:

-Camehawait, ¿Qué quieres de mí?

Amanecía cuando decidió levantarse y comenzar los trabajos de adecuación de la cabaña para poder continuar con el experimento.

Había decidido preparar una habitación protegida de ondas donde poder continuar con los ***"viajes"*** por los universos paralelos, y para eso disponía del sitio idóneo.

Una cueva excavada en la cara norte de la roca. Según lo que siempre le había contado su abuelo la habían excavado en una época indeterminada por los primeros pobladores de aquella zona y habían realizado pinturas en las paredes y el techo. Hacía más de dos siglos que llegaron sus antepasados y ocuparon la zona ocultándose de sus atacantes y la adecuaron para ser utilizada por los "***soñadores"*** de la tribu durante sus rituales.

Los primeros rayos de luz comenzaban a traspasar los cristales de la ventana, tenía mucho trabajo para limpiar y adecuar la vivienda dado que no había sido utilizada en mucho tiempo y él quería quedarse durante una pequeña temporada.

En su primera inspección pudo darse cuenta de que todo estaba limpio y en orden, y lo más curioso era que había comida fresca en el frigorífico, como si alguien supiera que iba a ser habitada inmediatamente. Soltó una estruendosa carcajada y dijo a gritos:
-Joder Silkah, has vuelto a sorprenderme como cuando era niño.

Silkah era la mujer paiute que lo había educado en la cultura de su pueblo, se encontraba siempre cerca de su abuelo como alguien más de la familia, decían que había vivido con su abuela desde que eran niñas, cuando nació Jeremy el padre de Fred, lo educó en los antiguos conocimientos de la tribu.

Al tener más edad el niño, se marchó a algún lugar lejano en Saskatchewan y volvió para atender al abuelo al quedarse viudo.

Para Fred había sido la figura femenina que había perdido al morir su madre, y la quería como él entendía que se quería a una madre, ya que cuando sus padres tuvieron el accidente era muy pequeño, solo tenía cuatro años y desde ese momento Silkah se había ocupado de él.

El abuelo Mathew, pasaba mucho tiempo fuera debido a su cargo de comandante en el Cuerpo de Marines, había creado una unidad de acción antiterrorista compuesta toda ella por soldados Shoshone, la misma unidad en la que sirvió Fred después de que su abuelo pasase a la reserva.

Desde que murieron sus padres, Silkah aprovechaba cualquier momento para ir a la cabaña y hacer con el niño muchas excursiones por los bosques, le enseñaba a sobrevivir creando una especie de juego como si viviesen en otras épocas en las que sus antepasados vivían de la caza, la pesca y de los frutos silvestres.

También le había iniciado en el arte del sueño para que pudiera comunicarse con el espíritu de sus padres. Solo había una exigencia, dejarlos partir cuando ellos lo decidieran.

Continuó con la revisión deseando encontrar alguna cosa fuera de su sitio, observó a través de la ventana las lejanas montañas como si tratase de concentrarse, y comenzó la inspección.

Había sido un juego y al mismo tiempo un entrenamiento, si lo hallaba sería una prueba de que otra vez más Silkah había ***"visto"*** su llegada.

- ¡Aha Silkah, te pillé!

Había dirigido la mirada hacia una alfombra de piel de venado colocada a los pies de un sofá cercano a la chimenea y sobre ella la talla de un lobo. Volvió a reír contento por haber descubierto otra señal.

-Silkaaah.... he visto tu juegooo...

Ambas cosas estaban fuera de su sitio habitual, siempre habían estado en su dormitorio, habían pertenecido a su padre y se los había dado cuando él nació. Por eso tenía un valor especial para Fred.

Sabía también que formaba parte de un lenguaje sin palabras entre ambos y se dirigió a la mujer como si se encontrase presente.

-Ya ves, aún recuerdo tus enseñanzas. Un recuerdo para los antepasados.

Abrió la puerta de un armario sabiendo que encontraría unas ramitas secas de romero, preparó un pequeño brasero, lo encendió, salió de la cabaña, se acercó al pequeño riachuelo cercano y desnudándose se introdujo en él.

Sintió como los músculos se tensaban al tomar contacto con la frialdad del agua teniendo que frotarse vigorosamente el cuerpo para facilitar la circulación de la sangre.

Se entretuvo recordando los juegos con el agua en ese mismo lugar mientras observaba de manera disimulada cualquier anomalía en el entorno, poco después se levantó y salió del riachuelo tranquilamente.

Cuando volvió a la cabaña ya se había extinguido la llama. Un fuerte aroma a romero impregnaba todo el recinto. Tomó el brasero colocándolo al lado de la alfombra, se sentó en ella y comenzó a entonar una canción con una cadencia estudiada como le habían enseñado para poder alcanzar más fácilmente un estado alterado de consciencia.

De nuevo, como cuando era niño, su mente comenzó un descenso a lo más profundo, sintió presión en el centro de la frente, la cabeza se fue hacia atrás con fuerza, después la presión pasó a la parte superior de la cabeza, luego torbellinos, luces, sonidos... peso en el cuerpo y oscuridad.

Otra vez la habitación, le costó unos segundos orientarse, se encontraba en otro punto, veía las cosas desde una perspectiva distinta, no veía el techo. Debajo de su nivel estaba la mesa, las sillas, el sofá y la alfombra, y en ella su cuerpo tendido, desnudo como sin vida.

Volvió a observar todo el salón al percibir un leve movimiento.

-Bien, ahí está, por fin nos encontramos.

En el otro extremo de la sala se encontraba otro ser unido a él por un fino hilo brillante, era la confirmación del resultado del experimento. Lo observó con el detenimiento propio de su amplio entrenamiento en el que se había ejercitado desde que tenía uso de razón.

Sabía que lo que veía lo hacía a través de la mente, los ojos estaban en el cuerpo. La atención que mantenía en el otro punto luminoso hizo que surgirán las imágenes. Un hombre alto, moreno de rasgos orientales muy poco acusados, si no fuese por el color de pelo y por los ojos, podrían pasar por el reflejo uno del otro.

Recompuso todos los recuerdos a partir del experimento, recordó un nombre, Hojo Takeshi, tenía que ser el, y se daba cuenta de que se avecinaba una lucha y para ella si estaba preparado.

Una lucha dentro del "sueño", o, mejor dicho, un combate en otro nivel de conciencia, un terreno que al parecer no le era ajeno a ambos contendientes. No se trataba de un espacio físico y por esa misma razón todo lo que en él sucedía no se encontraba sujeto a las leyes físicas.

Se trataba de un espacio cuasi onírico y por eso cualquier cosa puede suceder, incluso la muerte de cualquiera de los contendientes o de ambos.

Como sucede en los sueños, la situación puede modificarse, no se trata de algo fijo ni predecible, sólo triunfa quién sabe adaptarse a cualquier eventualidad, el pensamiento deja su actividad y espera que algo se modifique.

El tiempo se congela mientras dos guerreros totalmente dispares se enfrentan con movimientos ralentizados.

Un samurai armado con naginata se enfrentaba a un guerrero blanco o al menos en apariencia por el color de su pelo y ojos, aunque usando los colores de los antiguos shoshone.

Se observan, se estudian y comienza el combate, gira la naginata que maneja con pericia Takeshi, respondiendo con círculos, y contorsiones esquivando el arma, tratando de acercarse a su oponente para poder llegar a una lucha cuerpo a cuerpo.

Cada uno de los movimientos ejecutados por un contendiente tienen su réplica en el otro, se entrelazan avanzan y retroceden hasta llegar a una distancia donde el arma larga pierde gran parte de su eficacia.

Dos tipos de lucha totalmente distintas y al mismo tiempo complementarías. Es el momento, las armas cortas son más eficaces y Fred aprovecha una contorsión para empuñar un cuchillo con su mano izquierda, mientras utiliza la derecha para desviar la atención de su oponente.

Ambos manifiestan su maestría en la lucha, se conocen y adivinan los movimientos que ejecuta el otro, y al mismo tiempo se encuentran atentos a lo que sucede a su alrededor.

Algo se modifica en el espacio mental, una ***"ventana"*** se abre en lo que hasta entonces había sido un compartimento estanco, una situación extraña modifica el panorama.

La puerta de acceso del exterior comienza a abrirse y una vibración fuerte golpea a los combatientes manteniéndolos en estado de alerta ante un posible ataque ajeno a ellos mismos, haciendo que desaparezca la animosidad existente entre ambos, la brecha que los separaba desaparece y pasan a convertirse en dos mitades unidas ante un peligro común que amenaza por igual a ambos.

- *¡Cuidado!*

Un aviso mental surgió desde lo más profundo, llegando a comprenderlo en la misma manera que si se tratase de una sola persona. Dos estrategas y una sola situación. El espíritu cazador de Fred tomó la iniciativa y dirigiéndose a Takeshi le transmitió una orden:

-Entra en el cuerpo y utilízalo.

Mientras tanto, dos hombres de aspecto preocupante que habían entrado en el edificio, se movían con cautela, intentando sorprender sin ser descubiertos.

Takeshi sabía que no tenía mucho tiempo para volver al cuerpo, y existía el peligro de que los recién llegados lo hiciesen antes y esto supondría su muerte y la de Fred.

Nadie podía tocar el hilo de plata que los unía, la rapidez mental es superior a la física y además sintió a Fred que había iniciado la nueva estrategia de distracción para permitirle penetrar en el cuerpo.

Los intrusos van acercándose al cuerpo caído, sonriendo al creerlo dormido, pero algo extraño está pasando que escapa de la lógica. Una fuerza invisible entorpece sus pasos, el miedo hace presa en ellos y todas las furias se desatan.

....

Fred capta un grito que removía cada célula del cuerpo, se trataba de un sonido profundo que mantenía ciertas connotaciones espirituales. En algún momento había leído sobre algo similar, la emisión de palabras utilizando una cadencia e intensidad determinadas, y la luz se hizo en su cerebro. Takeshi había lanzado su Kiai[15].
El cuerpo antes vacío había sido ocupado en su totalidad, y como si se tratase de un gran felino, se incorporó de un salto casi imposible.
- *¡La leche con el japo! No me gustaría un enfrentamiento físico con él.*

Un grito de alegría y poder hizo que Hojo Takeshi se sintiese vivo. Sabía que era momentáneo y susurro enviando un pensamiento a su familia:
-Karma es Karma[16]

---

[15] Grito espiritual emitido en el ataque de las artes marciales.
[16] A toda acción corresponde una reacción que influye en las diversas vidas del individuo.

Después de la alegría llega la realidad, el cuerpo no respondía con la velocidad deseada. No duró mucho su desilusión porque se daba cuenta de que Fred y él se encontraban en peligro y actuó como le indicaba su instinto, los dos intrusos quedaron paralizados por el grito que los removió internamente haciendo que un hilillo de sangre les saliese a ambos por nariz y oídos. Al mismo tiempo quedaron sorprendidos por la rapidez que Fred había utilizado para incorporarse. Se miraron sorprendidos, no esperaban esa reacción, sabían que se trataba de un ex marine, pero según la doctora Rostand llevaba años sin entrenar.

Reponiéndose de la sorpresa, el que parecía llevar la voz cantante, se dirigió al supuesto Fred.

-Tendrás que venir con nosotros. Tienes que contarle algo a la doctora Rostand, por toda respuesta les llegó una voz gutural e incomprensible:

-Norowareta akuma. Sō shinai baai Marushe. (Malditos demonios, si no os marcháis, os matare)

Aquellas palabras incomprensibles los enfureció. Intentaron sacar un arma para amenazar a Fred, y se desató la tormenta.

Lo que creyeron que podía haber sido una ligera brisa inofensiva, se había convertido en un tornado, y donde ellos veían a Fred, se había transformado en un demonio iracundo que en un momento los dejó fuera de combate.

Fred después de realizar su maniobra de distracción, observó los movimientos de su cuerpo dirigido por Takeshi, se sorprendió al ver las evoluciones y la rapidez con la que había puesto fuera de combate a los atacantes, escuchó lo que decían y entendió las palabras, vio la acción con todo detalle como si se hubiesen grabado a cámara lenta. Consciente del peligro que había corrido, se sobresaltó, volviendo a ocupar su cuerpo.

Capítulo 4: La visita

Una sacudida del cuerpo fue la señal del retorno de Fred, la mente tomó el mando de la nueva situación, aunque le costó unos segundos ubicar cada objeto en su sitio. No era extraño después de haber tenido una experiencia extra corpórea.

Los dos intrusos se encontraban tendidos en el suelo inconscientes, Takeshi había dejado de hacerse visible, en ese momento Fred no le prestó atención a ese hecho. Trataba de decidir qué hacer con los atacantes.

Comprobó que se encontraban vivos y comprendió que tenía que actuar con rapidez antes de que recuperasen la conciencia, si es que podían hacerlo en algún momento.

Buscó una cuerda y fue atándolos de pies y manos. Ya tendría tiempo para indagar los motivos por los que habían intentado atacarle, se vistió rápidamente para salir al exterior y poder comprobar si había algún peligro afuera.

Nada más dar un paso para dirigirse a la puerta, está se abrió de golpe entrando dos mujeres, al verlas Fred, dio un grito lleno de asombro por lo que veía.

- ¡Silkah!

Si, se trataba de su vieja niñera que, a pesar de su edad, se movía con pasos ágiles y rápidos, tirando de otra mujer que sujetaba por un brazo. El asombro de Fred fue en aumento.

-Hola doctora Rostand. ¡Qué sorpresa verla!

Reprimió los deseos de abrazar a Silkah a pesar del tiempo que hacía que no la había viso, y solamente preguntó:

- ¿Dónde la has encontrado?

Silkah sonrió y mirándolo cariñosamente le contestó señalando a los dos hombres inconscientes:

-Estaba esperando en el coche a que estos acabasen el trabajo.

-Laura ¿Por qué has intentado matarme?

Fred dejó translucir en su voz un tono de reproche.

-Nunca te hubiésemos matado. Sabes el cariño que te tengo y que me he interesado por ti desde el accidente de tus padres, lo sentí mucho porque era amiga de tu madre desde el inicio de la universidad. Estos dos tenían órdenes de convencerte para que nos acompañases....

El gesto de Silkah cambió, encajo la mandíbula y su mirada reflejó por un momento el desprecio que le merecía la doctora.

Mientras tanto Laura Rostand hablaba con desánimo mientras mantenía la mirada fija en un lugar indefinido.

-Cuando finalizamos el experimento, dijiste que había sido un fracaso, y desapareciste, eso me hizo sospechar y revisé con más calma los resultados de las máquinas. Y ¡allí estaba! donde antes había un núcleo de energía cognitiva, se bifurcaba y aparecía otro nuevo núcleo. Me habías engañado y sentí una gran decepción.

Fred la miró sorprendido por la desfachatez manifestada por la que había sido su mentora y fue consciente de que en realidad había huido siguiendo un impulso ordenado por una fuerza extraña.

Comenzó a hablar al principio con voz insegura, pero se fue calmando a medida que hablaba.

-No se trata de una disculpa, pero al volver del experimento solo buscaba la soledad para poder poner en orden mis pensamientos.

Sabía que no decía la verdad, no podía ser tan ingenuo como para desvelar sus intenciones. Quería o, mejor dicho, debía saber cuáles eran los motivos de la doctora Rostand e hizo una breve pregunta:

-Y ahora ¿Qué?

La doctora lo miró fijamente y contestó:

-Eso depende de ti. El Instituto es tan solo una tapadera. Depende en todo de una de las agencias estatales. Y realiza para ella la parte más importante de los experimentos "psíquicos". Concretamente el que estamos realizando y que es tú trabajo de doctorado puede ser utilizado para poder mantener el liderazgo mundial en defensa, pudiendo optar a un puesto relevante en cualquier departamento del estado, pero si tardas en regresar creo que te encontrarías en una situación bastante difícil.

Silkah se había mantenido en segundo plano, pero ante la amenaza velada no pudo contenerse y preguntó de manera un tanto amenazadora:

- ¿Han venido solos, o hay más?

- No. No he comentado a nadie lo que he descubierto. Conozco a Fred y sabía que podía rastrear su paradero, debido a su apego al vehículo que perteneció a su abuelo, y que tiene los GPS antiguos, sin inhibidores de frecuencias, tan solo hemos tenido que meter los datos en el ordenador de mi coche y él solo nos ha ido indicando el recorrido.

Silkah miró a Fred y dibujaron una leve sonrisa. A partir de ese momento se estableció entre los dos un lenguaje telepático.

- ¡Cuidado con ella! Nunca me ha gustado.

-Lo sé, siempre ha antepuesto su interés personal.

Los cuerpos de los miembros de la Agencia inconscientes comenzaban a moverse emitiendo unos roncos sonidos de dolor.

Fred se dirigió hacia ellos, les retiró las armas y los desató. Esperó a que se repusieran y se dirigió a la doctora Rostand.

-Doctora, le agradezco que me haya contado todo, pero me encuentro muy confundido y necesito unos días para descansar, luego haré un informe y se lo haré llegar. Quiero abandonar el proyecto y buscar algún rancho en venta para dedicarme a la cría de caballos.

La doctora Rostand hizo un gesto mirando a sus secuaces, que no pasó desapercibido para Silkah que avisó mentalmente a Fred

- *¡Cuidado! No te fíes.*

Fred se había dado cuenta del gesto y su mente se puso en estado de alerta. Justo en ese momento Takeshi hizo su reaparición en el interior de Fred. Su entrenamiento para la guerra dio sus frutos nuevamente y en un susurro dijo:

-Está parte corresponde a un samurai.

El mismo susurro le llegó a Silkah, y se sorprendió de lo que intuía. Su niño ya no era el mismo que había educado en los valores de los antepasados. Comprendió que ese nuevo ser podía ser de gran ayuda y trasmitió a Fred un pensamiento de aceptación, e inmediatamente hizo lo mismo que vio hacer a Fred. Colocó sus manos en los oídos, y sintió una vibración en todo su cuerpo, mientras tanto vio como los tres intrusos se retorcían, dando la sensación de que su espíritu los había abandonado, para acabar incorporándose y salir de la cabaña como si fueran zombis. De nuevo Takeshi había utilizado el Kiai, con un resultado más drástico. Al poco rato se oyó el motor de un coche y después todo quedó en silencio.

En el interior de la cabaña momentáneamente se hizo el silencio para convertirse seguidamente en una explosión de júbilo por el reencuentro de dos personas unidas de por vida.

Los dos se fundieron en un abrazo y Silkah le cubría la cara de besos, mientras le decía como cuando era pequeño:

- ¡Ay mi niño, mi niño! Cuántas cosas tienes que contarme.

Se dirigieron a la cocina y Silkah comenzó a preparar café mientras Fred comenzó a hacerle un relato poco detallado del tiempo que había pasado desde que no se veían.

La mujer escuchaba en silencio, acostumbrada a no hacer preguntas que interrumpiesen al joven. Eso le daba la oportunidad de analizar sus gestos y entrever todo lo que dejaba de contar. Cuando el relato llegó al momento del experimento, Silkah puso más atención y pudo entender mejor lo pasado con los visitantes.

Mientras tomaban el café Silkah comenzó a hablar:

- ¿Te fías de ella?

-No. Pero en ese momento no podemos hacer nada. A partir de ahora tendremos que idear un plan.

Silkah asintió con leves movimientos de cabeza, y dijo arrastrando las palabras:

-Estoy de acuerdo. Puedo ayudaros, pero necesito conectar con ese Takeshi a través de tú mente.

-Vale. Lo haremos mañana en la cueva de los antepasados para evitar que la doctora Rostand pueda interferir.

El resto del día lo utilizaron en recordar la niñez de Fred, los juegos y las historias de los antepasados, luego él se dedicó a hacer un poco de ejercicio, cortando la madera que estaba apilada, tomó el hacha de su abuelo y comprobando que todavía se encontraba bien afilada comenzó la faena con golpes cadenciosos y seguros, el trabajo con movimientos mecánicos, le permitía reflexionar e ir diseñando el plan de actuación que iría madurando al día siguiente.

Capítulo 5: De nuevo el sueño

El día había estado cargado de emociones, después de dedicar un buen rato a partir leña, sus músculos se encontraban tonificados por el ejercicio y había calmado su mente, aunque de vez en cuando le asaltaba el recuerdo de Takeshi y su manera de luchar, se daba cuenta de que su comportamiento era producto de muchos años de entrenamiento, debía esperar a la noche y tratar de ponerse en contacto con él.

-Esto parece de locos. Hasta llevo conmigo un huésped.

Hizo un movimiento de cabeza y soltó una sonora carcajada. Después comió un poco y despidiéndose de Silkah se marchó a la cama a descansar. Preveía que en el día siguiente habría bastante actividad.

Llevaba un buen rato intentando dormir y el sueño se negaba a hacer acto de presencia, al final decidió levantarse y practicar algún ejercicio de relajación. No le sucedía algo similar desde que pasó a la reserva del ejército y llegó a la universidad, después de unos días sin poder dormir adecuadamente, una mañana que se encontraba bajo un árbol tratando de descansar un poco en el parque del campus, se sorprendió al observar a uno de los profesores de más edad que practicaba una serie de movimientos lentos y armónicos, al ver las evoluciones le recordaron el flujo y reflujo de las olas, provocando en él sensación de calma.

Al ver los suaves balanceos del profesor y la suavidad con la que se movía, simulando puñetazos, patadas y otros movimientos desconocidos, decidió que deseaba aprender esa coreografía y trataría de poner todo su empeño para conseguirlo.

En cuanto tuvo ocasión, habló con el profesor que le hablo del Taichí y comenzó a enseñárselo. A partir de ese día fue un asiduo visitante del parque alcanzando en poco tiempo cierta maestría en esa actividad, quedando sorprendido al descubrir la técnica marcial que encerraba la especie de danza con movimientos tan suaves, intensificaba su entrenamiento en los momentos de exámenes o cuando tenía alteraciones nerviosas costándole alcanzar el estado deseado.

No lo pensó más, salió a la terraza del dormitorio y comenzó los ejercicios. Los movimientos lentos y suaves le iban trasladando a un estado de tranquilidad y placer que lo fueron trasladando a un mundo ingrávido alejado de la realidad, para acceder a otro nivel donde nada es individual, todo es parte de todo, y cuando la mente racional fue cediendo terreno, lo ocupó Takeshi que hizo acto de presencia, haciendo comprender a Fred que se trataba del momento adecuado para iniciar una conversación:

-Te pido disculpas por mi comportamiento inadecuado. Tú cuerpo es tú casa, y no puedo deshonrarte con mi actitud. Quisiera saber cómo se encuentran mi esposa y mi hija, supongo que les habrá llegado la noticia de mi muerte.

Fred seguía realizando los movimientos y sin pensarlo contestó mentalmente:

-Nada es lo que parece, nos encontramos en otro universo y en otra época. Lo que aquí son días o años, en el otro universo puede ser un instante, es posible que en tú época todavía no hayas muerto, pero eso tal vez no lleguemos a entenderlo.

Estaba llegando al final de la rutina y Takeshi continuó:

-Lo entiendo. Mi maestro Ryukiai me lo explicó y me enseñó a caminar entre los universos. También mi otro maestro shinobi[17]*, Shi Kage me enseñó a espiar, a hacerme invisible y la manera de ocupar un cuerpo. Cuando tú apareciste me di cuenta de que habías recibido las mismas enseñanzas. Karma es karma. Dos mitades nacidas en distintos universos.*

Finalizó el ejercicio y pausadamente dijo con voz apenas audible:

-Algún día tendremos que volver a tú mundo.

Seguidamente hizo una corta meditación para apartar todo lo que interfiriese el sueño y se fue a la cama nuevamente.

Al tenderse en el lecho, apoyó la cabeza en la almohada y se dispuso a realizar una serie de respiraciones profundas. Ahora sí, la calma proporcionada por la práctica de Taichí, comenzó a hacer su efecto cayendo en un sopor preludio de un sueño reparador.

....

Se movía en un ambiente frío llegando a un paisaje conocido, caminaba por un túnel vacío por el que avanzaba lentamente.

Una profunda niebla envolvió a Fred. Sabía que estaba dormido y que comenzaba a soñar. Un sueño dentro de un sueño. Se encontraba en una gran plaza llena de gente y se movía entre ella. Extrañamente todos estaban inmóviles reunidos en grupos como si hablasen, hasta que llegó a un espacio libre de personas y trató de elevarse en el aire. Su cuerpo pesaba, pero eso no le impidió mover los brazos como si fuesen alas y elevarse iniciando el vuelo.

Al principio le costaba realizar el movimiento ascendente, pero enseguida lo consiguió y sintió la ligereza de algo que flota en el aire. Realizó una serie de círculos por encima de las cabezas de la

[17] Ninja.

multitud, y se lanzó rápido hacia adelante. Pasó por encima de valles y montañas, hasta llegar a un lugar conocido. En otros momentos había tenido el mismo sueño, concretamente la noche anterior en el que un chico, Camehawait era perseguido por varios miembros de otra tribu.

En su ***"vuelo"*** Fred iba reconociendo el paisaje. La nieve helada cubría la tierra, haciendo que fuese difícil distinguir los desniveles del terreno.

Desde su posición privilegiada de espectador, pudo ver al chico correr dirigiéndose hacia una zona pantanosa donde la escasa vegetación quedaba oculta por el polvo de nieve que era arrastrado por el viento formando una barrera de dudosa estabilidad.

Camehawait era más rápido que sus perseguidores, y además conocía perfectamente el terreno.

Todo eso lo notaba Fred desde lo alto, y al mismo tiempo notaba el peligro haciendo que el corazón palpitase con agitado, el chico no podía equivocarse al adentrarse en el terreno pantanoso, un mínimo error podía tener consecuencias irreversibles, se encontraba en el filo de la navaja ya que el terreno en sí mismo era una trampa difícil de soslayar.

Oía el ruido de los mocasines al pisar con fuerza la capa de hielo, ampliando el sonido de la respiración agitada, pudiendo distinguir una pequeña nube formada por el aliento que salía con fuerza por la boca del muchacho.

Lo vio acercarse a un montículo cubierto de nieve y también vio como el suelo se hundía haciendo que Camehawait desapareciese tragado por la tierra.

El miedo y la incertidumbre atenazó a Fred, con la respiración agitada, su cuerpo se movía inquieto en la cama, quería intervenir y salvar al joven, mientras una voz interior le decía que no debía hacerlo, se trataba de un sueño, pero hizo caso omiso de la indicación y dejándose llevar por un impulso se introdujo por el lugar donde había desaparecido Camehawait.

Donde tenía que haber quedado una abertura, solo se veían hierbas y juncos. Sorprendentemente pudo penetrar en la tierra sin dificultad cayendo en una cavidad alargada. No encontró al chico y eso le sorprendió, no había pasado apenas tiempo desde que había caído al agujero, el razonamiento le hizo parar un momento y llevó la mano a la frente, donde tenía un ligero arañazo, la ira y el odio hacia sus atacantes le hicieron comprender que no había dos personas en el túnel.

Camehawait y Fred eran la misma persona, en el sueño ambos se habían fusionado en uno solo, y comenzó a comportarse como lo haría Camehawait. Volvió a sentir la ira por la muerte del perro, la vergüenza por no haber estado atento a las indicaciones de la naturaleza, y el odio hacia sus atacantes, hicieron que sus dientes rechinasen.

- *¡No quedará ninguno con vida!*

Tenía que darse prisa y llegar al refugio al final del túnel, desde allí podía vigilar a sus perseguidores. Llegó a un espacio más amplio. Se trataba del interior del montículo y lo que desde el exterior parecía una masa sólida, en el interior podía verse una estructura de madera con rendijas en las juntas de los troncos como si se tratase de una gran madriguera de castores. Colocándose en el puesto de observación, miró a través de las aberturas para vigilar a sus perseguidores que se dispersaban para buscar sus huellas.

Dejó su punto de observación y se sentó en un extremo del recinto con la espalda apoyada en la pared. Podía parecer que se había refugiado bajo tierra para poder escapar de quienes le perseguían. Tal vez fuese apenas un niño, pero no se encontraba asustado.

Sentado en el suelo, apartó todo sentimiento de odio y comenzó a entonar suavemente un canto místico entonado por todos los ***"soñadores"*** de la tribu desde que el primer hombre llegó a las tierras que ahora ocupaban atravesando la zona de los grandes hielos.

Camehawait seguía salmodiando su cántico cargado de misticismo, mientras lo acompañaba con un movimiento del cuerpo en una cadencia estudiada ayudándole a entrar en estado de trance.

Fred que desde un punto indefinido quedo sorprendido al ver aparecer la figura de una anciana, etérea, casi transparente. Comprendió que Camehawait había convocado a sus antepasados para pedir consejo, y mentalmente escucho lo que decía la aparición:

-No tengas miedo. En ti se encuentran todos los conocimientos de nuestra raza transmitidos de padres a hijos en nuestra familia desde el primer hombre (ekinaax dainapee'). Eres un cazador de sueños y sabrás en todo momento lo que debes hacer. Busca el espíritu de tu lobo y el té guiará en la lucha, pero sobre todo teje la red en la gran rueda y atrápalos en ella como te enseñamos en la cueva.

No era la primera vez que está figura femenina se hacía visible, la abuela antepasada siempre le daba pautas para saber cómo actuar, después de una pausa, continuó diciéndole:

-Recuerda siempre qué desde ahora, tú eres el ekinaax dainapee'. Pide que nuestro padre pia-kuittsun (bisonte) te otorgue su fuerza y kwinaa (águila) te de su visión.

La abuela se disolvió en el ambiente y en su lugar apareció un gran bisonte blanco golpeando la nieve con sus pezuñas, era tan real que podían verse grandes columnas de aliento salir por sus hollares, a su lado un gran lobo blanco quedaban cubiertos por una capa de nieve, sobre ellos volaba dibujando círculos un águila. Todos ellos miraban con fiereza a los atacantes, mientras se comunicaban mentalmente con Camehawait diciéndole:

-Hemos venido en tu ayuda. Confía en ti mismo.

A partir de ese momento cambió totalmente la actitud del muchacho, la juventud generó madurez y la seguridad aparentemente se convirtió en real.

Para él comenzaba otra parte del trabajo, mentalmente fue creando una rueda en forma de red, como si se tratase de una tela de araña. Desde el centro de su frente surgieron unos hilos casi invisibles con los que fue uniendo a sus enemigos creando conexiones que servían de hilo conductor, pudiendo de esta manera ver y sentir todos sus pensamientos.

Captó sentimientos de ira, rabia contenida y desánimo. Esto último le gustó porque dejaba al descubierto la debilidad de sus enemigos, sirviéndole de camino por el que podía introducirse en sus mentes, pudiendo conectar con otros sentimientos más ocultos y que un guerrero nunca puede dejar que salgan a la superficie, para no mostrar sus carencias.

Llegó hasta la niñez de cada uno de ellos, uniéndolos todos sus puntos débiles, generó un monstruo intangible pero que sería reconocido por los atacantes.

Había aprendido que se trataba de una fuerza más de la naturaleza y podría tener apariencia de cualquier fenómeno, lo mezcló todo ello con el frío, la nieve y la intranquilidad que percibía generando una densa niebla que fue envolviendo el paisaje, dejando a los guerreros inmersos en un ambiente que percibían hostil, dando un aspecto dramático donde deberían comprender que en ese mismo momento habían pasado de ser cazadores a presas fáciles.

No podían verse los unos a los otros y comenzaron a llamarse para poder orientarse y cubrir toda la zona de búsqueda sabiendo que algún compañero se encontraba cerca, el miedo atenazaba sus músculos y la humedad se introducía aferrándose a todo el cuerpo.

Camehawait se incorporó y salió por otro agujero que había preparado con anterioridad. Sus movimientos eran felinos, con el cuchillo de descollar en la mano izquierda y el huuwahani' (hacha de guerra) en la derecha se sentía con la capacidad de estrategia del lobo, la fuerza del bisonte y la visión del águila, pero además notaba que tenía necesidad de venganza, una fuerza le impedía que su deseo de venganza se convirtiese en ira ciega, haciéndole mantener la mente fría y excesivamente razonadora.

Pudo distinguir entre la bruma a un zorro mirándole con ojos encendidos y los dientes afilados esbozando una sonrisa.

Vio una silueta delante de él e inició un movimiento rápido hacia su primer enemigo, en su mente notaba el mismo movimiento ralentizado, lo que le permitía darse cuenta de todos sus pequeños detalles, permitiéndole adelantarse y adivinar el siguiente movimiento, esto le ayudaba para colocarse justo delante de él, y al ver el asombro junto al miedo reflejado en el rostro, emitió un terrible grito y le clavó el cuchillo en el corazón.

El grito llegó a los oídos del resto de la partida dejándolos paralizados. Otro grito más desde el otro lado de la niebla, y otro perseguidor se unía a su compañero en el camino de los muertos.

Los demás oyeron un soniquete creado con vocales encadenadas que generaban subidas y bajadas dando la sensación de olas envolventes que todos ellos conocían desde la niñez. Eran los cánticos utilizados por los "newe pohakanten[18]" de la tribu para que los muertos encontrasen el camino del más allá, donde se encontraban sus antepasados.

Eso les hizo sentir el frío de la muerte, e inconscientemente tratando de separarse del peligro, dirigieron los pasos hacia la zona pantanosa. El barro se adhería a los mocasines haciendo que sus movimientos fuesen cada vez más lentos.

Una ráfaga de viento helado hacía un remolino con el polvo de nieve y saliendo de ella, una sombra silenciosa se acercaba veloz a cada uno de ellos.

Camehawait se había convertido en el espíritu exterminador. La sangre cubría sus armas y había salpicado a su ropa y a su cara, dándole un aspecto terrible, un hilo de vapor escapaba de los cuerpos a través de sus heridas sirviendo de salida a los espíritus.

Cuando todo hubo terminado, elevó su cara hacia el cielo emitiendo el grito de victoria de su tribu. La niebla fue disipándose, y con ella también volvió la cordura a su mente. Había matado a una partida de (pies negros). Ya no era un niño. Sin proponérselo había realizado las pruebas de los guerreros que indicaban el paso de la infancia a la vida del adulto. Aceptó el hecho, era el destino que le había deparado el Gran Espíritu.

No podía perder más tiempo, ya les había presentado sus respetos a los enemigos mientras los enviaba a los territorios de caza de los muertos, ahora tenía que le habían contado los antepasados en sus sueños.

Se dirigió rápidamente hacia el poblado para avisarles del peligro que se avecinaba, pero antes de llegar tuvo un presentimiento que se confirmó al alcanzar el último montículo. Encontró muerto al

[18] Hombre medicina, chamán en lengua Shoshone

vigía con una flecha clavada en la espalda, su mirada se dirigió al lugar del asentamiento en una zona resguardada del viento.

El dolor subía en oleadas hasta la garganta y pugnaba por salir en forma de lágrimas por los ojos. No emitió ningún sonido como si temiese vulnerar el descanso de los muertos. Todo el poblado había sido pasto de las llamas, los yuunkhani habían sido destruidos, y recordó las palabras de la abuela:

-Recuerda siempre qué desde ahora, tú eres el ekinaax dainapee'

....

El sueño acabo, dando paso a un duermevela consciente, despertando con la respiración agitada.

Se sentó en la cama y se frotó los ojos para disipar los vapores del sueño.

-Otra vez intentas decirme algo.

Bajando la mirada vio sus manos cubiertas de sangre.

....

Laura Rostand volvió a la realidad, no comprendía por qué se encontraba en el coche. Anthony conducía mecánicamente y Robert sentado en el asiento del copiloto miraba hacia adelante insistentemente.

- ¿Dónde estamos?

-Vamos a casa jefa.

Dos voces habían contestado a la vez con voz metálica como si fuesen máquinas. Se despejaron las últimas nieblas de la mente de la doctora, recordó lo ocurrido y el extraño grito lanzado por Fred.

No comprendía nada, tenía que acabar lo que había iniciado, además Fred era peligroso conocía los experimentos que estaba llevando a cabo con los niños.

-Mis trabajos son secretos, si se descubre lo que hago estoy perdida.

Tratando de dominar el miedo que se apoderaba de ella dio una orden a sus subordinados.

-Llama a la gente de Oregón, que envíen al puente del Snake dos coches con gente armada. Vamos a buscarlos.

Capítulo 6: Reunión en la cueva

Comenzaba a amanecer apareciendo los primeros rayos de sol en el horizonte. Fred se desperezó y recordó lo sucedido durante la noche. Se trataba del mismo sueño que otras veces, pero en esta ocasión habían aparecido nuevos elementos que completaban la historia.

Hasta ese momento solo había podido ver partes inconexas, y al tenerlas unidas, sintió la necesidad de saber más y poder comprender lo que le había revelado el sueño.

Instintivamente miró sus manos que se encontraban limpias.

-*Todo ha sido un sueño, aunque ¡parecía tan real...!*

Quería ir a la cueva para tratar de encontrar respuesta a todas sus preguntas. Se encontraba lleno de dudas y quería solucionarlas cuanto antes.

- *¿Ha sido realmente un sueño? ¿He pasado a través del agujero?*

Trató de dejar a un lado las incógnitas y fue a preparar el desayuno. Cuando llegó a la cocina vio que Silkah se había adelantado preparando un revuelto de huevos, café y pan tierno, todo ello y una sonrisa que iluminaba su cara.

-*De nuevo cocinando para mi niño.*

Le dio los buenos días mientras comentaba aparentemente a la ligera:

-Espero que hayas tenido una noche productiva.

Fred no le contestó. Conocía a Silkah y sabía que no era necesario, ella intuía la respuesta y no tardaría mucho en hacer la pregunta que realmente le interesaba.

Tomó un sorbo del café recién hecho y la mujer hizo la pregunta:

- ¿Qué piensas hacer con la doctora Rostand?

Fred siguió saboreando el café, parecía meditar la respuesta, dejó el vaso lentamente y le contestó:

-La conozco muy bien y no va a desistir, lo que pasó ayer hace que tenga deseos de venganza. Creo que podremos disponer de unos días para encontrar la mejor solución.

Silkah tomó la palabra deseando terminar de momento con la conversación:

-Vale, ahora termina el desayuno prepárate porque dentro de un rato iremos a la cueva.

Dando media vuelta se dirigió a la salida. Con las manos metidas en los bolsillos, parecía el niño que salía a la calle ideando su próxima travesura. Silkah lo miró y sonrió.

-*Solo le falta dar patadas a las piedras.*

....

Los recuerdos que mantenía de la cueva eran los de un niño y por tanto un poco distorsionados.

Recordó que su abuelo le contaba historias terribles de niños que se perdían en cuevas oscuras en las que las personas que entraban en ellas podrían perderse porque eran tan profundas que se desconocía el final, además eran la morada de extraños espíritus que podían hacer que se olvidase de todo.

También la historia de Zorro Rojo que le contaba Silkah, y como volvió de la cueva lleno de ampollas como si se hubiera quemado, pero también en esa cueva encontró a su perro que le acompaña en el camino de la tierra de los muertos. (En realidad esa historia había ocurrido en otra cueva en un cañón no muy lejano, pero para el niño todas las cuevas eran mágicas) y como poseía una imaginación muy fértil, cada vez que entraba en la cueva buscaba al perro que en su imaginación sería su compañero en sus viajes a los otros mundos.

Las historias que contaba su abuelo no consiguieron asustarlo, es más le sirvieron de acicate para querer comprobar quien era aquel ser tan extraño que habitaba la cueva de la roca, así que una noche que su abuelo se había dormido, agarró una linterna y quiso comprobarlo.

El recuerdo de aquel momento hizo que se mantuviesen vivas también las sensaciones de miedo y placer entremezclados ante lo prohibido.

Oleadas de placer subían desde el bajo vientre hacia la garganta donde se mezclaban con otras, y ambas seguían ascendiendo hasta alcanzar la parte superior de la cabeza manifestándose en forma de calor en el pecho y una tirantez fría en el cuero cabelludo.

Los pasos fueron ralentizándose y el corazón comenzó a latir con fuerza, superado el primer momento se introdujo en la oscuridad de la cueva, realizó unas inspiraciones profundas y encendió la linterna que mantenía con fuerza en la mano.

El haz luminoso rasgó el velo de oscuridad y comenzaron a emerger las formas, salientes con vetas de cuarzo que multiplicaban la luminosidad, pero también oquedades que absorbían la misma luz, fue un primer momento sorprendente, casi mágico, los ojos del niño convertían las luces y sombras en seres fantásticos que en cualquier momento podían despertar a la vida.

La curiosidad pudo más que el éxtasis y continuó hacia adelante por un pasillo que se iba estrechando hasta convertirse en una estrecha rendija por donde el cuerpo de un adulto tendría que hacer esfuerzos para poder pasar.

Dudó si debía seguir adelante o volverse, pero otra vez la curiosidad hizo que se olvidase del miedo y realizando un nuevo esfuerzo siguió adelante.

Aquella abertura daba paso a una sala circular en la que la luz de la linterna se multiplicaba y pudo ver las paredes y el techo con series de pinturas de osos, lobos o ciervos, escenas de hombres cazando a grandes y extraños animales. Pero sobre todo atrajo su atención un muchacho acompañado de un lobo, vestido con ropas gruesas, de abrigo. Asombrado dijo:

- *¡Los antepasados ¡¿Será el perro que encontró Zorro Rojo?*

Había reconocido en esta pintura el personaje de los relatos de Silkah, se trataba de ekinaax dainapee' (el primer hombre). El que encontró el paso entre la masa helada y guió a su pueblo para que pudieran asentarse en Saskatchewan.

Miró fijamente a la figura que comenzó a cobrar vida y alargando la mano parecía decirle *"Ven"*

Se dejó arrastrar por una fuerza absorbente dirigiéndose hacia el joven y el perro que lo conducían hacia las estrellas o tal vez más allá, para llegar hasta una enorme pared de hielo transparente como si se tratase de cristal por el que emergían gran cantidad de personas atravesando la pared sin que esta se rompiese.

-*Recuerda esta puerta por la que tendrás que pasar con tu pueblo.*

Tenía frío, despertó tendido en el suelo de la cueva, la linterna a su lado seguía emitiendo un rayo de luz. Recorrió toda la estancia con la mirada y a pesar de resultarle conocido, no se acordaba de nada.

....

Mientras se dirigía a la cueva en compañía de Silkah, Fred recordaba aquella primera visita, después de la emoción de lo prohibido, vinieron otras visitas, encontrando otro placer, el de encontrarse protegido en el interior de la tierra.

Llegaron a la sala principal y Silkah le indicó el lugar donde debía colocarse.

Se trataba de un punto en una de las paredes y al ir a sentarse, se dio cuenta que había una ligera elevación del suelo, formando una plataforma en la que podía colocarse cómodamente, y al apoyar la espalda contra la pared, notó como se adaptaba perfectamente gracias a una especie de hornacina excavada, como si hubiera sido hecha para él.

Silkah puso unas hierbas aromáticas y sentándose enfrente y hacer la correspondiente purificación con el humo comenzó a hablar:

-A partir de ahora te llamaré por el nombre que te dio tú madre Bio'yipe (Pluma de águila)

Fred, ahora Bio'yipe hizo un gesto afirmativo con la cabeza, y Silkah continuó:

-Deja que se muestre el ser que te acompaña.

A partir de ese momento dejaron de utilizar las palabras para comunicarse entre los tres. Bio'yipe entró en una especie de trance, permitiendo que Takeshi comenzase a comunicarse:

-Mi nombre es Hojo Takeshi, fui herido en una emboscada el día que cumplía 26 años. Al sentir que mi vida se extinguía, vi a un ser de otros mundos que se acercaba. Sentí confianza al ver que usaba la marca de mi familia, y como me había enseñado mi maestro el monje Ryukiai, mi espíritu abandonó el cuerpo para unirse al ser que se acercaba.

Silkah había dejado que hablase, ya conocía por boca de Fred su versión, pero quería conocer la otra parte. Tomando un bolso que tenía a su lado del que sacó un espejo y lo colocó enfrente del cuerpo de Fred.

Takeshi vio la imagen reflejada y manifestó su asombro. El joven que veía en el espejo era su doble, como si hubieran sido gemelos y solo pudo decir:

- *¡No puede ser! ¡Parece obra de los demonios! Pero esto es la confirmación de lo que estuvimos hablando anoche. Somos hermanos de distintos mundos.*

Se encontraba alterado, pero Silkah le contó la historia de Fred y su capacidad para realizar ***"el viaje "***. Takeshi fue calmándose y seguidamente dijo:

-*Mi familia se encuentra en peligro. Tendré que volver, porque si no lo llevaré en mi karma.*

La mujer que escuchaba y asentía, contestó lentamente:

-*No pasará nada si vuelves al mismo momento en que te uniste a Fred. Ahora solo Bio'yipe conoce el camino y tendrá que encontrar el momento en que sea posible.*

Primero tendremos que solucionar otros problemas. Takeshi adivinó a qué se refería Silkah y dijo:

- *¿Se trata de los atacantes? ¿Crees que seguirán tratando de apresar a Fred?*

-*Si. No abandonaran tan fácilmente.*

Takeshi sonrió al escuchar la respuesta de la mujer y dijo:

-*Cuando un ejército no cuenta con información fidedigna, puede atacar al ruido en vez de atacar al enemigo. Si hay pelea tendremos que utilizar este cuerpo y necesita ser más rápido ante cualquier eventualidad. Yo estoy preparado, Fred todavía no.*

Se hizo el silencio y Silkah pensó que se iniciaba una nueva época. Ya era momento de reunir a los que habían sido educados en los conocimientos antiguos desde que eran niños.

Habían estado esperando el momento en el que se manifestase el ekinaax dainapee'. Aún tenía que realizar las últimas pruebas para ser aceptado por el Consejo de Ancianos, y poder dirigirlos en su nueva andadura.

....

......Veinte años antes...

En el año 2025, el Departamento de Defensa de los Estados Unidos de América decidió invertir en un proyecto que había sido abandonado una década antes debido a la imposibilidad de demostrar la autenticidad de los resultados.

Había accedido a la presidencia del gobierno Lucy Meriweather con el lema ***"El conocimiento es poder"***, decidió que debido al aislacionismo que habían llevado al país sus antecesores, debía invertir en un arma secreta que le hiciese poseer el conocimiento del resto de países del mundo.

Llamó a un ex marine que había tenido que abandonar el ejército debido a la utilización de métodos "poco académicos" impidiéndole alcanzar las tres estrellas de Teniente General, pero se libró del deshonor, pudiendo crear una empresa de seguridad privada, y realizar contratos con el Gobierno.

Mose Rostand abandonó el Ala Oeste de la Casa Blanca, había aceptado el encargo de la Presidenta y trataba de diseñar mentalmente el plan para disponer de los medios necesarios que le permitiesen poner en práctica el encargo presidencial.

Llamaría a su hija para que le asesorase, debido a que había basado su tesis doctoral en el estudio de los Universos Paralelos y la posibilidad de interactuación entre ellos, encajando perfectamente en su proyecto.

Con ese objetivo creó el Institute for Research of Parallels Universes (IRPU) para utilizarlo de pantalla como si se tratase de una entidad dedicada al estudio y con esa misma finalidad creó becas para atraer a estudiantes destacados y una cátedra en la que fuese la titular Laura Rostand.

A unos los prepararon para el departamento de seguridad, a otros para la captación de nuevos talentos y a otros para la investigación en diversos campos.

Todos ellos pasaban por un periodo de "adiestramiento" y tras superar pruebas de mucha dificultad, finalizaban con un juramento de admisión que los vinculaba a la Organización de por vida.

Capítulo 7: Drones y águilas

Era momento de iniciar un nuevo viaje, existía el peligro de que agentes del IRPU se presentasen con los medios necesarios para poder aprisionar a Fred. Tanto Silkah como él mismo sabían que la "visita" sería inminente.

La mañana había amanecido un poco lluviosa, Silkah se dedicaba a preparar el desayuno mientras Fred se encontraba en el cobertizo preparando lo necesario para pasar una temporada fuera de la cabaña.

Se había equipado para mimetizarse con la naturaleza con un traje de piel de gamo veteada de distintas tonalidades que además de proporcionarle cierta invisibilidad, le permitiría resguardarse de las inclemencias del tiempo.

Completaba su indumentaria unos mocasines hechos a mano a la manera tradicional que le permitirían avanzar a través del terreno minimizando las huellas.

Había decidido armarse con un arco compuesto y su dotación de flechas, un cuchillo de supervivencia y una mochila con material sanitario.

Silkah se acercó al cobertizo y le hizo comer lo que le había preparado, salmón con tallos de juncos tiernos y berros recogidos en el cercano arroyuelo, mientras introducía en la mochila un paquete con carne y verduras, le dijo:

-Con lo que has comido ahora tienes nutrientes para que no necesites alimentarte en gran parte del día. Aléjate todo lo que puedas porque comienza la caza, ya están llegando por el Snake, yo trataré de llevarme tú coche hacia Yellowstone[19] para desviarlos. Ahora tienes que hacer el viaje de regreso a la tierra de tus antepasados. Busca a tú abuela y ella contestará a tus preguntas.

-Haré lo que me dices, pero creo que tendría que buscar ***"la puerta"***.

-Eso ya llegará, primero tienes que visitar a tu abuela. Puede que solo sea producto de leyendas antiguas.

-Es posible, pero tengo un leve recuerdo, como si en algún momento la hubiera visto

Se despidieron y Fred oyó el rugido del motor que abandonaba la explanada para dirigirse hacia el este. Dejó pasar el tiempo y colocándose el arco y la mochila en el hombro y partió hacia Saskatchewan.

El Ford Raptor paró en la pequeña explanada desde la que se podía observar el curso del rio Snake, desde el asiento del conductor, Silkah se quedó observando con interés los vehículos que circulaban por los alrededores al lugar donde ella se encontraba, todo parecía normal pero al ampliar el radio de observación se fijó en tres vehículos en la margen izquierda del río en el estado de Oregón, dirigiéndose hacia el puente, se colocó los prismáticos y los observó con más detenimiento, y cuando se cercioró que se trataba de Laura Rostand y sus agentes, puso el vehículo en marcha utilizando un atajo que le permitía acceder a la interestatal 84, si quería tener éxito tendría que adelantarse y llegar antes a la ruta federal 95, debía cerciorarse de que la seguían, con tal fin había seleccionado las zonas que utilizaría como observatorio desde donde podía verse la carretera estatal 71 que era por la que circulaban sus perseguidores.

[19] Parque Nacional entre los estados de Idaho, Montana y Wyoming.

Un pequeño punto intermitente en la pantalla del radar indicaba el movimiento del Ford Raptor de Fred. El "bip" repetido emitido desde el escáner era el único sonido en el interior del Range Rover, los cuatro ocupantes del vehículo mantenían la atención en la pequeña señal luminosa, mientras el copiloto manipulaba en una segunda pantalla para trazar las coordenadas y realizar las modificaciones en el navegador de a bordo tratando cortar el paso al vehículo que perseguían.

Habían dejado atrás la central eléctrica y les llegó una orden por el ínter comunicador:

-Ya tenemos las coordenadas. ¡Lancen los drones!

La voz de Laura Rostand que viajaba en un segundo vehículo, sonó en tono imperativo, una orden que debía ser ejecutada sin dilación.

Aprovecharon una pequeña explanada un poco antes de llegar Cambridge, para desviarse de la carretera y preparar los drones.

Bajaron rápidamente de los tres vehículos y mientras cuatro hombres se retiraron a una distancia prudencial para prevenir que no se acercase algún conductor curioso, otros cuatro se dispusieron a sacar los drones de unas cajas y los prepararon para que volasen, mientras tanto Laura Rostand llamó al resto para trasmitirles sus órdenes.

-Ahora enviaremos tres aparatos, uno con cámaras para poder observar a Fred. Los otros dos irán armados. Deberéis detenerlo, pero lo quiero vivo, es necesario que no le pase nada, es muy importante para nuestra investigación.

Los tres contestaron a la vez:

-De acuerdo.

Se dieron la vuelta para dirigirse a los coches y el más joven se volvió hacia la doctora Rostand y titubeando le dijo:

-... ¿Qué haremos si sale del coche y pretende huir?

Laura Rostand lo miró enfadada y marchando hacia el vehículo le contestó:

-Lo sigues con la cámara y pasas las coordenadas al navegador del primer vehículo.

....

Fred sabía hacia donde se dirigía Silkah, cuando vio la ranchera perderse entre los árboles, cambió rápidamente de dirección, dirigiendo sus pasos a Cuddy Mountain a una hora escasa de distancia a través de un camino abrupto. Se dirigía hacia el mejor observatorio de la zona que le permitía ver la red de carreteras que se unían a la 71 para posteriormente enlazar con la 95.

Llegó al punto de observación pudiendo dominar con la vista una extensión considerable de terreno, lo miró todo con detenimiento y fijando la vista en un punto, no tardó mucho en vislumbrar el vehículo conducido por Silkah, emergiendo en una zona de salientes rocosos que lo habían mantenido oculto.

- *¡Buena chica! Ahora veremos hacia donde los llevas.*

Calculó el espacio que le quedaba por recorrer hasta llegar a la carretera estatal. Desvió la mirada hacia el río Snake y pudo ver tres Range Rover que se encontraban detenidos fuera de la carretera.

Habían adelantado al coche que conducía Silkah y eso no auguraba nada bueno, y esperó.

Siguió observando y vio como despegaban tres drones, lamentando no encontrarse más cerca y disponer de su fusil.

Conocía perfectamente a la mujer y sabía que no le había contado la verdad, no quería llevarlos a Yellowstone, en ese momento se encontraban entrenando en las cercanías un grupo del "Lobo

Blanco", dirigirse allí era poner a todos en peligro revelando el secreto que habían mantenido durante siglos.

Seguía la técnica de los animales alejar al cazador de sus cachorros, uniendo también la técnica de caza llevando a la presa al lugar deseado.

Centró su atención en Silkah iniciando una conversación telepática:

-Hola bia'[20] *se encuentran en la 71 cerca de Cambridge y te han enviado drones, observador y dos tiradores. ¡Ten cuidado!*

Era la primera vez desde hacía muchos años que la llamaba mamá y la emocionó, ella lo había criado y había ejercido de madre y le contestó:

-Hola mi niño, no te preocupes ya lo había previsto, voy hacia el East Bowlee Creek, justo por debajo de donde tú estás. Ahora vete y déjamelos a mí.

Fred trató de ver el plan diseñado por su amiga pudiendo vislumbrado la imagen de una red en el cielo.

También en esa imagen observó las evoluciones de los drones dirigiéndose a la posición de Silkah otro elemento que atrajo su atención fue los vehículos dirigiéndose al mismo punto que se encontraba Silkah.

Descolgando el arco del hombro dijo:

- ¡Vamos!

Emitió esta orden en voz alta como si se dirigiese a un compañero presente, mientras descendía saltando de roca en roca lo mismo que había visto desde niño hacer a las cabras.

No era consciente del tiempo que había estado corriendo ni a los peligros que había estado expuesto en un descenso tan arriesgado,

---

[20] Mamá en lengua Shoshone.

llegando al mismo tiempo que lo hacían los drones pudiendo oír a Silkah emitir un grito infrahumano que al escucharlo Fred sonrió, reconociendo la llamada que tantas veces había oído y que él también había aprendido a emitir.

-Ya ha tendido la red.

Se quedó quieto, se relajó dejando a un lado todo lo que estaba sucediendo y dirigiéndose a Takeshi le dijo:

-Voy a salir, utiliza el cuerpo. Observa lo que pasa y si hay peligro usa las armas.

Desde el norte un grupo de águilas doradas acudían a la llamada de Silkah para enfrentarse a las máquinas, aunque no pudieron evitar que uno de los drones se lanzara en picado disparando sus armas hacia el motor y las ruedas del Ford.

Se colocaron sobre los aparatos iniciando su persecución en una cacería donde las rapaces solo veían su objetivo.

Cada movimiento evasivo producido por los aparatos era respondido por una rápida maniobra de ataque, habían sido entrenadas para atacar en puntos en los que la hélice del dron no pudiese herir al animal.

Fred observaba las evoluciones de las águilas admirado de su elegancia y rapidez manifestada en el vuelo. En su observación se dio cuenta de que uno de los drones hacía una finta para escapar de su perseguidora y se colocaba a la espalda de otra cercana, disparando su arma.

El águila cayó abatida por los disparos del dron y Fred tuvo que contenerse para no dejarse llevar por la ira.

- ¡Destrozaré estos aparatos y a su operador!

Conocía la vinculación de Silkah con los animales y sabía que para ella el águila era parte de su vida, y dando rienda suelta a su furia, hizo lo que mejor sabía hacer.

Dejar de ser él mismo para centrarse en no permitir que la energía generada se perdiese.

Su mente pasó a un estado de ensoñación y una especie de hilos vaporosos salieron de su cuerpo para generar un águila calva mucho más grande que las que se encontraban luchando contra los drones, y emitiendo un sonoro grito se dirigió rápidamente hacia el lugar de la lucha.

Todas las águilas iniciaron un gran estruendo con sus gritos y realizando una nueva formación como si se tratase de una unidad militar recibiendo órdenes de un superior, comenzaron a volar cada vez más rápidamente creando un torbellino que generaba una fuerza envolvente haciendo que los drones necesitasen más fuerza para salir del vórtice que amenazaba con destrozarlos chocando unos contra otros.

Takeshi observaba mudo de asombro toda la evolución de las águilas y sintió la unión existente con el águila calva que la identificó con la energía de Fred sintiéndolo en ese momento más que nunca como su hermano y dijo:

- *¡Qué gran samurai haríamos los dos unidos!*

Mientras caían los drones, se dirigió corriendo hacia el Ford de Silkah, llegando al mismo tiempo que las piezas de los aparatos caían al suelo en una lluvia de chatarra.

Miró en el interior del vehículo que tenía el capó agujereado por las balas dejando entrever que el motor había quedado afectado. Silkah no se encontraba en su interior, buscó alrededor del vehículo y una voz surgió a su espalda:

- ¡Aunque el cuerpo es de Bio'yipe, eres Takeshi! A él lo he visto arriba, ahora síguelo porque se dirige hacia el enemigo y si le pasa algo también tú estás en peligro.

Sin contestar, Takeshi se dirigió hacia el punto por donde debían aparecer los Range Rover.

Al llegar a un recodo del camino pudo ver a las águilas doradas lideradas por la gran águila calva que se lanzaban en picado hacia el primer vehículo que al ver a las aves comenzó a dar bandazos de izquierda a derecha.

No había llovido en mucho tiempo y la arena hacía que las ruedas comenzasen a derrapar, hasta que el conductor pudo dominarlo haciendo que las gomas delanteras se colocasen en una franja de hierba, esto permitió que tuvieran nuevamente adherencia y se aferrasen al suelo.

Aceleró para separarse de los ataques de las aves, ascendiendo rápidamente por el camino entre una nube de tierra y piedras.

El conductor seguía acelerando para que el vehículo superase con facilidad la rampa ascendente, luego llegaba un tramo recto y una curva. Se acercaba rápidamente a ese punto, pero la velocidad y la tierra del camino jugaron en su contra, las ruedas perdieron suelo y la velocidad hizo el resto, el vehículo salió como un proyectil para ir a tocar el suelo más adelante, donde casi no quedaba espacio para frenar.

Pulsó el botón de frenado para ayudar al motor a bloquear las ruedas, la operación hizo su efecto, pero tenía que contar con la fuerza desarrollada por el vehículo que derrapó.

La fuerza de la frenada hizo que el vehículo diese un bandazo y al intentar corregirlo desde el volante provocó un vuelco que lo hizo caer por el desnivel de unos treinta metros hasta llegar al río.

Los otros dos vehículos pudieron parar a tiempo, aunque debido a la velocidad derraparon y para evitar precipitarse por el barranco dieron un giro brusco incrustando el morro de ambos contra la falda de la montaña del lado derecho del camino dejándolos inutilizados.

Se oyó un grito agudo y las águilas se elevaron para dirigirse hacia el norte.

Solo el águila calva siguió observando la escena, pero un nuevo grito hizo que se perdiese en un grupo de árboles.

Desde un recodo del camino a unos trescientos metros de distancia Takeshi preparaba su arco con una flecha provista de un cartucho explosivo, el visor provisto de corrector automático de tiro para blanco en movimiento, le marcó el punto exacto del impacto, tensó la cuerda y disparo al conjunto de vehículos averiados coincidiendo con la salida de sus ocupantes.

Alcanzó al primer vehículo provocando una explosión que lanzando a tierra a todos los que acababan de salir de los vehículos.

Laura Rostand, miró hacia donde había estado el hombre y murmuró en voz casi inaudible:

-Te he apoyado siempre, y me has traicionado, te pareces mucho a tu madre y eso va a ser tu perdición.

Seguidamente se dirigió a todo el grupo y dijo enfadada:

-Llamad al helicóptero y coged las armas para perseguirle.

Su orden era más el producto de la rabia generada por la impotencia que la capacidad real de poderla hacer efectiva.

Sabía que desde el puesto de mando habían motorizado sus movimientos y enviarían ayuda, se quedó en silencio pensando en los inicios de la fundación del Instituto.

Veinte años antes, su padre la había llamado para dirigir el proyecto, dándole poderes para hacerlo a su manera, sin reparar en los medios. Tenía que reclutar cerebros, lo hizo creando becas, se quedó con los que estimó que podían encajar mejor.

En realidad, los estudiantes becados eran los encargados de buscar jóvenes talentos, después de realizar muchas pruebas encontraron a un grupo de niños con más capacidad de lo habitual en la reserva de la Nación Blackfeet en el norte de Montana cercana a la frontera canadiense.

Aprovechando el índice de desempleo existente, becaron a todos los que poseían la capacidad de invocación de los antepasados a través del sueño, consiguiendo un porcentaje suficiente para continuar con la investigación y seguir avanzando hacia los resultados exigidos, aunque para eso sabían que deberían transcurrir bastantes años.

Utilizando como anzuelo la creación de las becas de investigación, atrajo a Fred Jewel, que la conocía debido a la amistad que había tenido con su madre.

Que aceptó de buen grado creyendo que podría investigar sobre los temas que le habían atraído desde niño, la búsqueda del punto por donde poder eliminar las barreras espacio-tiempo.

Intuía que Fred poseía todas las cualidades que ella buscaba en un colaborador y tenía la esperanza de que llegase a dirigir todo el proyecto.

Capítulo 8: Dos guerreros, un cuerpo

Silkah, desde una posición elevada observaba la escena y se le encogía el corazón al ver las evoluciones del águila calva siempre en cabeza dirigiendo los ataques a los vehículos.

Tenía miedo de que pudiera estrellarse contra ellos y al mismo tiempo se encontraba llena de orgullo de lo que hacía "*su niño*" Bio'yipe, (Pluma de Águila), al ver sus evoluciones y en la forma que sabía utilizar las corrientes de aire, pensó que el nombre definía perfectamente a su poseedor.

Frunció el ceño al ver salir a Laura Rostand del coche, la ira se fue apoderando de ella. La vez anterior pudo contenerse, en esta ocasión estaba a punto de explotar, había visto el ensañamiento en la realización del ataque, haciéndole recordar otros momentos en los que Laura había demostrado el mismo ensañamiento.

-*Ya no engañas a nadie, ahora eres tú misma.*

Vio a Bio'yipe descender hasta su cuerpo y acercarse corriendo. Miró fijamente al grupo perseguidor les dijo entre dientes:

-*Nos volveremos a ver Laura Rostand*

Dando media vuelta se perdió entre los arbustos de artemisa para tratar de alejarse del punto de la refriega.

-*Volvemos a la cueva.*

La advertencia de Fred golpeó en su cerebro y contestó de la misma forma:

-*De acuerdo, vamos rápidamente porque vendrán con helicópteros.*

Sabía que no tardarían mucho, era muy probable que llegasen desde el helipuerto privado que había al lado del puente sobre el

Snake en la margen de Oregón y llegar donde ellos estaban ahora solo era cuestión de tiempo.

Fred miraba atento los movimientos de Silkah y al ver la agilidad empleada por la mujer sonrió y no pudo contener su asombro.

- *¡La leche, qué mujer!*

Mientras se dirigía hacia la cueva se encontraba absorto calculando la edad de Silkah y suponía que podría pasar de los setenta años, y sin embargo quien la hubiese visto moverse no diría que pasaba de los cincuenta, pero la razón le decía *"ella educó a tu padre y después se preocupó de ti"* algo no encajaba y al mismo tiempo era algo en lo que no merecía la pena perder el tiempo.

Su abuelo le diría, *"tú imaginación te jugará alguna mala pasada"* y era cierto, cuando era niño llegaba a creer que siempre le seguían unos hombres que lo cuidaban, una vez cuando estuvo a punto de atropellarle un coche, otra cuando un niño fue a pegarle, otra vez se perdió y un hombre lo llevó a su casa.

Todas esas situaciones le hacían ver que siempre había hombres que le seguían.

Llegaron a la explanada donde se encontraba la cabaña y Takeshi hizo una observación:

-*Tenemos que prepararnos. Vi un extraño zanbatō.*[21] y me gustaría utilizarlo.

-*Se trata de una katana antigua es un Muramasa*[22].

Recogieron el Muramasa y fueron hacia la cueva, llegando en el mismo momento en que se oía el sonido de los rotores de los helicópteros.

Penetraron rápidamente y Silkah se dirigió hacia un rincón al fondo y al acercarse, Fred se dio cuenta de que la roca hacía una

---

[21] "destripa caballos" es un sable curvo japonés originario de china utilizado contra la caballería

[22] Clan japonés de forjadores de catanas.

especie de pliegue escondiendo una abertura por donde podía pasar una persona de costado, se sorprendió por no haberlo visto ninguna de las veces que había entrado en la cueva. Había sido ideada para que pasase desapercibida, se introdujeron por ella hacia un pasillo que giraba hacia la izquierda para llegar a una puerta de hierro reforzada por grandes remaches de cabeza redondeada que formaban una figura en circular acompañada de estrellas.

Abrieron la puerta para salir a un espacio formado por grandes matas de artemisa formando una celosía vegetal desde donde podía verse todo el espacio que rodeaba la cabaña, sin ser vistos desde el otro lado.

-Busquen por todos los lados, si resisten mátenlos y luego quemen la cabaña.

Carreras, gritos, maldiciones por no encontrar a los perseguidos. Y la voz de Silkah susurrando.

-Olvídate de Fred, piensa como Bio'yipe, sabes lo que tienes que hacer, acuérdate de Camehawait.

Fred fue desapareciendo, mientras unos hilos de energía se mezclaban con los arbustos, y al llegar al otro lado se convertía en una fina niebla que iba espesando.

Las voces se hacían más lejanas y más huecas, mientras la niebla seguía haciéndose más densa.

-Ahora es tú momento, deja que Bio'yipe prepare el terreno y tú sal ahí y hazlo que sabes.

Desenvainó el sable y se quedó observando las tonalidades ondulantes de tono grisáceo azulado que se sucedían enmarcando el filo del arma dejando entrever la peligrosidad de su corte, lo mantuvo agarrado con las dos manos dándose cuenta de la ligereza del acero proporcionándole una sensación de bienestar y seguridad, era como haber llegado a casa después de un viaje muy largo.

Concentró toda su atención en la hoja intentándole trasmitirle su espíritu y captar al mismo tiempo el ki[23] que el herrero le había imbuido al forjarla, era el momento de unir los espíritus del forjador y del guerrero creando un nuevo espíritu para el arma y así se convertía en la extensión de una misma cosa, vida, forja y muerte todo en uno.

Con el sable en la mano se fue introduciendo en el acero uniéndose al forjador Muramasa, su habilidad en la unión de los pliegues del metal, el fuego y el martillo hicieron de hilo conductor trasladándolo al Japón, otra época y otro Takeshi con un sable del mismo herrero, similar al que sujetaba con su mano, vengaba el honor de su familia.

Por un momento quedó inmovilizado por la emoción al poder ver a un descendiente, sintió nostalgia al recordar a su familia y odio hacia quienes intentaban impedir que volviera a su antigua vida. Apartó todos los pensamientos que pudiesen distraerle, centrándose en el momento.

Sintió como el metal cobraba vida y comenzaba a vibrar emitiendo un suave sonido que se incrementaba a medida que la vibración se intensificaba.

La espada entonaba su canción que Takeshi tarareó instintivamente:

Parar y desviar, el círculo invita a cortar
Clavar, rodear y retirar, la calma indica atacar.
Tajar es pasar, cambiando debes escuchar.
La espada dirige, el cuerpo siguiendo comprende

[23] Hálito, energía.

Sangre, carne y hueso, el acero penetra y desciende

Entonando la canción de la espada Takeshi se perdió entre la niebla.

Bio'yipe veía las imágenes borrosas como si estuviesen cubiertas por una gasa tupida, las evoluciones ralentizadas de Takeshi se diluían en el ambiente mezclándose con otras sombras espesas y de movimientos torpes que se le interponían sin poder interceptarlo.

La katana inició de nuevo su canción de manera mucho más agresiva. Se elevaba emitiendo una luz brillante que desaparecía al descender sobre cada una de las sombras que se le interponían. Una vez y otra la luz aparecía y desaparecía. Una orden, gritos, maldiciones.

- ¡El turbo calentador! ¡Limpiad la niebla!

Un nuevo sonido hizo que los gritos pasasen a un segundo plano. Bio'yipe notó como la niebla generada comenzaba a elevarse debido a las corrientes de aire caliente emitidas desde la máquina en los helicópteros y lo peor de todo era que Takeshi quedaba al descubierto, siendo un blanco fácil para las armas de los hombres de Laura Rostand.

Los rayos del sol se apoderaron de la explanada y a los ojos asombrados de Laura apareció un Fred Jewel cubierto de sangre, en el suelo cinco cuerpos decapitados formando un círculo a su alrededor como si se tratase de un macabro juego.

- ¡Disparad a ese cabrón, que no escape!

Un salto imposible y una pirueta en el aire mientras las armas automáticas disparaban al lugar donde hasta hacia un momento se encontraba el cuerpo de Fred que después de su pirueta cayó detrás de sus atacantes, y la katana volvió a cantar ninguno de los tres mercenarios se enteró de lo que sucedía a sus espaldas, un grito del atacante y los tres cuerpos caían al suelo tocados por la fuerza exterminadora de Takeshi.

Los tripulantes de los helicópteros miraban aterrados lo sucedido, y la doctora Rostand fuera de sí no daba crédito a lo que veía. No llegaba a entender qué había pasado para que Fred se hubiera vuelto loco hasta el punto de parecer un completo psicópata.

Sabía que había matado en actos de guerra, pero aquello era distinto, la capacidad demostrada para producir la muerte excedía con creces todas sus creencias.

Dirigió la mirada hacia los cuerpos muertos y comentó:

-Necesitamos las redes para cazar fieras.

-Lo siento Señora, no disponemos de ese dispositivo.

-Pues entonces vámonos, ya volveremos a por los cuerpos con más hombres.

Los rotores se pusieron en marcha elevando a los aparatos en el aire.

Quedaba solo un guerrero, rodeado de muerte, una voz resonaba en su cerebro:

- *¡Vuelve!*

Takeshi pareció despertar de un sueño, el cuerpo de Fred le permitía ver todo el campo de batalla, sacudió la katana con un golpe seco para retirar las gotas de sangre que discurrían por su hoja, la envainó y dando media vuelta se dirigió al recinto donde lo esperaban Bio'yipe y Silkah. Debían continuar el viaje antes de que volviese el enemigo.

Capítulo 9: La historia de Silkah

Estaban preparados para iniciar el camino hacia Saskatchewan y no podían olvidar lo sucedido durante el ataque, Fred no recordaba nada similar. Había participado en muchas batallas y acciones individuales, y siempre había mantenido el control de la situación, sabía que de ello dependía su vida.

Durante su periodo en la Escuela Militar de West Point, había podido estudiar sobre las alteraciones psicológicas en los guerreros medievales, y lo que había hecho Takeshi corroboraba lo estudiado.

También sabía que algo similar se producía en los antiguos guerreros indígenas.

Tanto Silkah como su abuelo le habían hablado y le habían entrenado para el enfrentamiento contra varios oponentes, pero lo que había hecho Takeshi requería una preparación especial.

Se alejaban de la cabaña buscando las sendas a través de bosques por las que hacía muchas décadas que no habían sido transitadas por el ser humano.

En las estribaciones de las Rocosas cambiaron de dirección hacia el nordeste siguiendo el camino en orden inverso al que Camehawait tomó desde el lago Waskesiu.

El silencio pesaba sobre los dos como una losa. Fred quería preguntar sobre las dudas que le habían surgido y Silkah dudaba si era el momento de contarle la verdadera historia de sus padres.

Comenzó la conversación de manera intrascendente, aunque Fred absorto en sus pensamientos apenas la oía. Después de caminar durante un rato, surgió la pregunta:

- ¿Quién eres realmente?

Silkah se lo quedó mirando y después de hacer una respiración profunda, contestó:

-Me conoces desde que eras un niño. Voy a contestar tú pregunta contándote todo sobre tú familia, así que tendrás que ser un poco paciente conmigo.

-Cuéntame sobre mis padres y por qué no querían mis abuelos que se casasen.

-Comenzaré mi relato muchos años antes. Ya te he dicho que seas paciente. Tus antepasados fueron Shoshone por las dos partes, tú madre es descendiente directa de Camehawait y Mía Baagenaipe "La que anda en la niebla" y de ella has heredado la capacidad de los sueños.

Tu padre desciende de Sacajawea, hermana de Camehawait, es decir de una nieta de ella "La que conoce caminos" y de Thomas Jewel, de ellos has heredado la capacidad para visitar otros mundos.

-Sabía que soy mestizo

-Todos lo somos en un grado u otro. Sacajawea se casó con un franco-canadiense y Thomas Jewel nieto en quinta generación, era hijo de shoshone y de una mujer alemana, por eso de vez en cuando sale algún Jewel rubio. El apellido fue obra de su madre que al nacer y ver que era rubio y de ojos azules, le llamó Joya.

Tú abuela transmitió a tu padre el conocimiento de las plantas y a comunicarse con los animales. Tú madre también había heredado la capacidad de los sueños y de los ***"viajes"***. Tú abuelo le enseñó a utilizar el ***"espíritu del viento"*** y podía paralizar a un enemigo emitiendo un sonido con el aliento como hacen las serpientes toro.

Tus padres se conocieron siendo niños, fueron entrenados por los mismos ancianos desarrollando cada uno sus cualidades, aprendieron a trabajar juntos y multiplicar los resultados. A medida que crecían se volvían más inseparables. Llegó el momento de ir a la universidad y también el de la separación, tú padre ingresaría en el ejército y tú madre iría a la universidad.

Fred estaba impaciente por conocer toda la historia y ver qué papel había jugado Silkah en ella.

- ¿Cuánto tiempo estuvieron separados?

-Tú madre fue a Columbia, igual que tú, y tu padre ingresó en el Cuerpo de Marines, en la misma unidad en la que ambos fuisteis tiradores de élite.

Así que tienes mucho en común con los dos. Al llegar a Columbia tú madre conoció a Laura Rostand y se hicieron muy amigas, pero cometió un gran error, le contó a Laura sus secretos, y esta lo aprovechó en beneficio propio.

Utilizó los conocimientos de tu madre para realizar la tesis de doctorado consiguiendo por ello y gracias a su padre, una cátedra en la Universidad Estatal de Ohio y algo más importante para ella, un trabajo de investigación en una agencia estatal.

Se enamoró de tú padre e intentó separarlos, pero no pudo conseguirlo, esto hizo que se rompiese la amistad, naciendo en Laura un odio casi enfermizo hacia ellos.

Fred se asombró de lo que contaba Silkah

-No lo hubiese creído antes, a mí me ha apoyado siempre desde que llegué a la universidad. Ahora puedo creerlo todo.

Silkah continuó su relato:

-Conocía perfectamente cómo mantenemos la tradición, e intuía que, si tus padres habían sido iniciados en esos conocimientos, contigo habría pasado lo mismo, y lo confirmó al leer tu tesis.

Después de esta conversación Fred se mantuvo en silencio analizando lo que había escuchado y tratando de descubrir por qué no se había dado cuenta antes del comportamiento de Laura Rostand.
-He trabajado con ella y conozco parte de la estructura de la I.R.P.U.

Después de las explicaciones de Silkah, comprendió que tenía una enemiga de por vida, sabía demasiado y al abandonar la investigación se había puesto en peligro. No había marcha atrás tenía que reunir al Clan del Lobo Blanco y tratar de liberar a los niños Pies Negros, después encontrar ***"la puerta"*** y atravesarla.

Sabía que era difícil y que en algún momento tendría que enfrentarse a Laura y a su padre. Aparcó sus temores y prestó atención a lo que sucedía a su alrededor.

Como cuando era niño, tuvo la sensación de que había hombres entre los árboles que les seguían, sintió que Takeshi se ponía en guardia y le sorprendió gratamente que hubiesen llegado a ese grado de compenetración, por eso solo tuvo que emitir un pensamiento interno:

- *"Ocupa el cuerpo"*

No necesitaron ninguna otra observación, de manera natural y silenciosa, el águila apareció por encima de los árboles.

Takeshi comenzó a recibir una visión panorámica del terreno, al principio difuminada, pero poco a poco fue haciéndose más nítida, desapareciendo con ello la sensación de mareo.

Un camino estrecho entre los árboles y dos personas en él, tardó un poco en darse cuenta que se trataba de ellos mismos.

También Silkah se dio cuenta del cambio que se había efectuado, miró hacia el cielo a través de un hueco entre los árboles y vio al águila calva planeando a gran altura. Miró a Fred y lo vio descolgar el arco y colocar una flecha, la fiereza de la mirada la hizo reaccionar instintivamente y sujetando el brazo gritó:

- ¡Espera, son amigos!

....

Hacía tres días que Takeshi, se dirigía con un grupo de sus hombres para avisar a su padre de una posible traición de Masako.

Yumiko se encontraba inquieta por no haber tenido noticias de su esposo desde su partida.

No había dormido bien durante la noche y al inicio de la hora del dragón, fiel a su costumbre se dirigió una pequeña cascada cercana a la casa para realizar el ritual de purificación, después dedicaría un rato en la práctica del tiro con arco, arma en la que había alcanzado gran maestría.

Se encontraba en el jardín interior de la casa, sacó el brazo izquierdo del kimono recogiendo la manga vacía en el obi[24] tomando con su mano izquierda el arco sacó una flecha con suavidad de la aljaba para colocarla en el arco.

De pie con el arco en su mano y la flecha apuntando al suelo, retiró todas sus preocupaciones y uniéndose al universo, elevó el arma, tensó la cuerda soltándola como si se tratase de una caricia.

Vibró la cuerda lanzando con fuerza a la flecha que surcó el aire con un suave zumbido, seguida por la mente de la mujer, los músculos se soltaron, la vista no era necesaria, la saeta llegó a su destino.

Yumeko observaba con admiración la puntería de su madre, todos los días se levantaba temprano para verla entrenar, conocía todos sus movimientos y los imitaba.

-Cuando sea mayor seré onna-bugeisha como mi mamá y mi abuela. Iré con mi padre a la guerra.

[24] Faja para sujetar el quimono

-Dama Yumiko, tienes visita.

La voz de la sirvienta la sacó de su abstracción, y sin volverse preguntó:

- ¿Quién quiere verme?

-Los maestros de Takeshi san.

Saber quiénes eran sus visitantes la preocupó, exteriormente no demostró nada, se colocó el quimono y entregando el arco a la sirvienta se dirigió al interior de la casa para recibir a los visitantes.

Después de los saludos de rigor tomó la palabra el maestro Ryukiai:

-Dama Yumiko, perdona que hayamos venido sin anunciar nuestra visita, pero la urgencia de nuestras noticias hace que no tengamos en cuenta la exigencia de las normas.

Yumiko hizo un gesto con la mano indicándoles brevedad en la exposición de sus exposiciones.

-Takeshi ha ido traicionado y ha caído en una emboscada.

La mujer, apenas pudo contener un grito, su mano se dirigió al vientre, y su mandíbula se tensó perceptiblemente.

- ¿Ha muerto mi esposo?

-No. Hemos podido recuperar so cuerpo y pudimos ver que su corazón todavía tenía vida, pero su espíritu lo había abandonado.

- ¿Cómo puede ser eso?

-Se trata de un largo entrenamiento del maestro Shi Kage, él podrá contarte con más detalle el estado de tú esposo.

El maestro shinobi, se aclaró la voz antes de iniciar el relato:

-Takeshi fue traicionado desde dentro, uno de sus samurais había sido comprado por tu cuñado Yoshitoki para matar a su hermano, afortunadamente estaba rodeado por mis hombres que pudieron impedir que lo matase, aunque pudo darle un golpe y derribarlo del caballo.

La ira y la esperanza se mezclaron en el corazón de Yumiko, trataba de comprender lo expuesto por los maestros, sensaciones contradictorias, mareos y al final pudo articular alguna palabra:

- ¿Dónde está?

-Lo hemos ocultado en el templo Horyu-ji para que Yakushi lo proteja y lo cure. También tú, tu hija y tus sirvientes se encuentran en peligro.

El maestro Ryukiai se dirigió a la dama para contarle los nuevos planes:

-La familia Shotoku te acogerá manteniéndote oculta hasta que vuelva tu esposo, después podréis venir a mis tierras cercanas al templo.

La puerta de la estancia se abrió de golpe impulsada por la mano de Yumeko que gritó con voz enfadada:

-Lo traeré. Lo buscaré en mis sueños y lo traeré.

Un grupo de unas cien personas viajaban en peregrinación al templo de Ikaruga, las nubes amenazaban tormenta lo que había hecho que se cubriesen con gorros y capas de lluvia haciendo que pasasen desapercibidos a ojos de los curiosos.

Estaban llegando a una posada y tenían ganas de descansar en un lugar caliente, Yumiko echaba en falta algo tan sencillo como un tatami[25] de paja, un futón[26] y un edredón donde poder descansar junto a su hija.

Al finalizar la tarde se encontraban en un pequeño habitáculo, no era lujoso, pero al menos se encontraba limpio, habían cenado un poco de pescado, verduras y arroz, después se retiraron al dormitorio.

[25] Estera de paja para colocar en el suelo de las casas japonesas.

[26] Funda de tela rellena de algodón, que sirve de cama colocado sobre un tatami.

Yumeko, dormía al lado de su madre, necesitaba encontrar seguridad sintiendo el contacto materno, el calor y el cansancio hicieron que se sumergiera en un profundo sueño.

-Adiós amadas mías, que Hachiman nos acompañe y nos proteja. Allí donde vaya os buscaré, aunque tardemos mil vidas en encontrarnos.

La voz de su padre le llegó con claridad haciendo que se agitase en su sueño.

-Papá ¿Dónde estás?

Las imágenes aparecieron envueltas en una neblina, pudiendo ver la figura del padre, su pelo no era negro y sus ropas eran extrañas, pero hizo algo que ella le había visto hacer muchas veces, la forma de envainar el sable, le acompañaban gentes extrañas, y un águila.

-Papá está vivo.

Dio un fuerte grito y se despertó sentándose en el lecho empapada en sudor. Había descubierto que unos ojos negros, brillantes observaban su sueño desde un lugar indefinido.

Capítulo 10: Semper Fidelis

El águila calva percibió el grito de Silkah y se lanzó en picado sobre el grupo de personas que se encontraban en un pequeño calvero del bosque, transmitiéndolo con toda nitidez a la mente de Takeshi, que pese a la advertencia de Silkah, mantenía el arco listo para disparar.

Fred pudo distinguir a los que les seguían, se trataba de un grupo de unas veinte personas armadas y vestidas de camuflaje. Reconoció a algunos de ellos, se trataba del personal de su unidad, junto a Johnny, su instructor.

La preocupación inicial dio paso a una tranquilidad creciente. Siguió observando el grupo y su vista de ave rapaz se dirigió hacia un punto entre la vegetación, donde un zorro rojo observaba la escena, le parecía extraño que no se hubiera escondido al ver a los seres humanos.

Hizo algo más extraño todavía, miró hacia lo alto y haciendo un gesto semejante a una sonrisa, dio media vuelta y se introdujo en la vegetación.

El águila se fue difuminando hasta desaparecer. El cuerpo de Fred, experimentó como única reacción una pequeña sacudida al volver a la realidad después de un estado de abstracción, coincidiendo con un fuerte silbido de Silkah.

La llamada surtió efecto comenzando a aparecer los miembros del equipo que les habían estado siguiendo.

-Parece que nos has descubierto jefe. ¡Vosotros, dispersaos, ya saludaréis luego!

-Hola Johnny, os habéis vuelto descuidados, os vi en el descenso de la montaña, al principio pensé que erais enemigos, pero ya en el aire he podido comprobar que se trataba de vosotros. Además, estabais acompañados y no os habéis dado cuenta.

- ¡Mierda! ¿Algún observador enemigo?

Silkah, bajó la cabeza y sonrió, como niño cogido en falta.

-No, era Zorro Rojo. Y ahora, tendré que contaros todo.

Hizo una pausa y sus interlocutores prestaron atención para escuchar las explicaciones.

-Desde el accidente siempre has tenido alguien que te seguía para protegerte, y hubo que hacerlo en varias ocasiones.

Fred la miró y dijo eufórico:

- ¡No eran imaginaciones!

-No. No lo eran. Siempre tenías a alguien cerca. Y además tenías otro protector que no lo veía nadie, aunque también lo llegaste a ver, y hoy también lo has visto.

- ¡Ainga-Waani[27]! También estaba en el accidente. Estuvo conmigo hasta que llegaron los hombres, luego llegó la policía.

Silkah y Johnny se miraron asombrados por lo que acababa de decir Fred.

-Siempre has dicho que "llegaron los hombres" y lo habíamos asociado a la policía, pero acabas de decir que primero llegaron unos hombres y después la policía. ¿Lo recuerdas bien? Es importante porque eso corroboraría lo que siempre hemos creído, que fue un atentado.

[27] Zorro Rojo, en lengua Shoshone.

Johnny emitió el canto del aibehi-huchuu' (Pájaro azul de las montañas) y acudió a la llamada Kinniih-buih (Ojo de Halcón) su antiguo ojeador en los Marines. Se abrazaron y antes de que comenzasen las preguntas, oyeron la orden:

-Dejaos de besitos y tú Ojo de Halcón vete para ver si nos siguen.

Después dirigiéndose a Fred se cuadró militarmente y saludando le dijo:

-En el ejército fui tu instructor por indicación de tú abuelo, aquí tú eres mi dai'gwahni'[28], a partir de ahora serás quien de las órdenes.

Silkah escuchaba en silencio y viendo que Johnny iba a dirigirse a ella, movió ligeramente la cabeza para indicarle que no hablase tomando ella la palabra:

-Se han precipitado los acontecimientos, a su debido tiempo tenía que habértelo contado tú abuela. Hasta ahora te hemos estado preparando de forma oculta para evitar que fueras atacado como creemos que pasó en el accidente. Milagrosamente tú salvaste la vida o tal vez tuviste la protección de Ainga-Waani.

Todo aquello le pilló desprevenido y las preguntas se le agolpaban en la mente como un torbellino, pero ninguna llegó a materializarse.

Se trataba de una sensación conocida, que había tratado de ocultar en lo más profundo.

- ¡Llama a todos!

El canto del pájaro azul sonó por tres veces y fue repetido dentro del bosque. Poco a poco fueron apareciendo los miembros del grupo, colocándose alrededor de Johnny.

[28] Jefe en lengua Shoshone.

-A partir de ahora nuestro dai'gwahni' es Pluma de Águila, sabíais que este momento llegaría, él es el ekinaax dainapee' de nuestro tiempo.

Todos asintieron en silencio aceptando lo dicho por Johnny. Era el momento en el que Fred debía dirigirles la palabra.

-Todos me conocéis y sabéis que cuando he pedido algo, siempre os he dado los motivos por lo que debíamos hacerlo, ahora es distinto veréis cosas que escapan a la razón, solo os pido que veáis lo que veáis seguid las órdenes sin dudarlo, habrá momentos en los que yo no podré dirigiros en la forma que estáis acostumbrados, pero en esos momentos será Johnny quien se haga cargo del mando, ya conocéis nuestro lema.

Un grito salió de todas las gargantas a la vez para corear su lema que era a la vez su juramento de hermandad

- ¡SEMPER FIDELIS!

....

Mientras el helicóptero se dirigía hacia el helipuerto de Oxbow Laura Rostand trataba de calmar su cólera por la derrota infringida por un solo hombre que siempre había creído que se trataba de un joven inofensivo, siempre lo había visto evadirse en los momentos conflictivos.

El análisis de lo ocurrido fue dejando a un lado la ira para centrarse en la búsqueda de errores.

- *"¿Cómo ha sido posible este destrozo? Si lo hubiera educado yo ahora estaríamos preparados para crear la mejor agencia del mundo, ni chinos, ni israelíes sabrían cómo podríamos obtener tanta información. Lo quiero muerto por lo que ha hecho, pero lo necesito vivo para que instruya a los niños que estamos preparando. El culpable de todo esto es su padre, me despreció cuando le dije que lo amaba, dijo que amaba a otra. ¡Cómo si no lo supiera! Era mi compañera de habitación en la hermandad Me habló tanto de Jeremy y me contó tantas cosas de él que quise conocerlo y sentí la necesidad de que fuese solo mío, pero esa tonta se interponía. Fred es idéntico a su padre, tenía que haber sido mío.*

Interrumpió sus pensamientos para centrarse en el presente.

-Llama a la base para que nos envíen cinco Fire Phoenix con su dotación.

El Segundo de a bordo volvió ligeramente la cabeza y separándose el micrófono le dijo.

-Hemos enviado un S.O.S. a Langley y han respondido que se encarga el personal de la A.I.D (Agencia de Inteligencia y Defensa) y esos sabes cómo las gastan. Traen los Fire Phoenix y un equipo de los "Cazadores de Montaña"

Los nuevos helicópteros Fire Phoenix por su valor, solo podían disponer de varias unidades las poderosas agencias privadas que tenían contratos con estados o realizaban la seguridad de las grandes compañías que operaban en zonas peligrosas.

Se trataba de unos aparatos con mayor potencia de fuego y posibilidad de misiles aire-aire y aire-tierra con detectores de movimiento y calor. Su nombre se debía al parecido que tenían con un pájaro envuelto en llamas cuando ejercían toda su potencia de fuego.

Los Cazadores de Montaña, eran grupos creados con antiguos militares de élite para que actuasen en situaciones adversas tanto en climatología como de terreno para este caso concreto se trataba de las unidades creadas con pies negros entrenados en la zona, por su conocimiento de las costumbres y creencias del pueblo Shoshone, tradicionalmente enemigos.

Un equipo estaba formado por cinco escuadras de cinco hombres, dos de tiradores, dos de fusiles de asalto y una híbrida de morteros y lanzagranadas.

Laura Rostand escuchó atentamente los informes del segundo en el mando, hizo un gesto de duda y modificó el punto de encuentro.

-Pásales las coordenadas de la cabaña para el nuevo punto de encuentro y allí podrán darse cuenta del peligro al que tendrán que enfrentarse.

Los helicópteros tomaron tierra en la explanada de la cabaña, exploraron los alrededores buscando los cadáveres, extrañamente no había ninguna huella de la refriega.

- ¡Buscad dentro de la cabaña!

La puerta chirriaba, dentro de la cabaña había polvo suficiente como para darse cuenta de que no había sido habitada en mucho tiempo.

- ¡Nada!

- ¡Todo vacío!

Los gritos se sucedían, no había señal de haber sido habitada en mucho tiempo.

Laura Rostand fue recorriendo toda la vivienda de un lado a otro, no había señal de vida en ningún lugar de la cabaña, y al final tuvo que rendirse a la evidencia. Alguien había pasado dejando toda la estancia y sus alrededores totalmente "limpia"

No podía explicarlo, había estado allí hacia unos días y luego había participado en el ataque.

-No puede ser, yo estuve......

Calló cuando vio que miradas llenas de duda se dirigían a ella, su reputación se encontraba en peligro.

El comandante de los Cazadores salió al exterior y consultando a uno de sus hombres preguntó:

-Pequeño Ciervo ¿Qué opinas?
-Deberíamos echar una ojeada desde el aire, esto no me gusta desde hace siglos nuestra gente sabe que esta tierra la habitan espíritus.
- ¡Vamos!
- ¡Triangular las señales conocidas de algún teléfono u otro elemento!

Haciendo una señal circular con el dedo índice en alto, las aspas comenzaron a rotar con un rugido, todos los hombres subieron rápidamente y los aparatos iniciaron el despegue rápidamente.

Ojo de Halcón desde lo más alto de una roca vio cinco puntos en el horizonte, observó sus movimientos reconociéndolos inmediatamente, se ajustó los prismáticos y tomó las mediciones pertinentes.

Arrastrándose hasta una zona desde la que no podía ser visto e internándose en el bosque se dirigió rápidamente hacia el calvero en el que se encontraban sus compañeros.
- ¡Ya llegan! ¡Ya llegan, son cinco Fire Phoenix!
- ¡Dispersaos! ¡Formación de combate "Niebla profunda"!

Al oír el nombre de la operación, desaparecieron de la vista perdiéndose en la vegetación, menos Silkah, Johnny y Fred.
-Silkah, tienes que ocultarte, pero tengo que pedirte un esfuerzo mayor, tendrás que estar en contacto con Takeshi y conmigo. Y tú Johnny, no pongas esa cara, ya te explicaremos todo, tienes que mantener a todos vigilados, que nadie ataque hasta que Silkah no te lo diga, y sobre todo debéis mantener la calma veáis lo que veáis. ¿De acuerdo?
-O.K. jefe.
-Pues a vuestros puestos, y transmite la orden.

- "Takeshi, esta vez tendremos que trabajar juntos, tú preparas la estrategia y nos iremos alternando en la forma de actuar, yo utilizaré mis armas en la distancia y tú las tuyas en cuerpo a cuerpo. Vendrán Cazadores de Montaña, y nuestro primer objetivo son la artillería ligera.

- "Si lo hacemos así, déjame ver el terreno para diseñar la estrategia."

Fred, fue pasando a un estado alterado de conciencia y mostró sus recuerdos visuales del terreno. Árboles, rocas, zanjas, hierbas y matojos todo el conjunto permitieron que Takeshi crease su batalla mental, realizando los cambios necesarios para generar la situación de engaño necesaria para disponer la ventaja inicial y con todo preparando dijo:

- "Ataca donde no se puedan defender y defiéndete donde no ataquen. Estoy dispuesto, lo primero que debemos hacer es crear un engaño, al norte donde están las rocas y ese pequeño cauce seco, debe haber terreno llano y donde se encuentra aquel grupo de árboles secos, que haya rocas".

Silkah, comprendió lo que se necesitaba de todos ellos y se lo comunicó a Johnny, que transmitió la orden y comenzaron a utilizar su red atrapa sueños.

Fred comprendió la estrategia, recordando el sueño de Camehawait supo que debía utilizar el miedo oculto de sus oponentes para utilizarlo como arma de ataque.

Se acercaban los helicópteros, calculó la distancia por la intensidad del sonido mientras trataba de recordar lo visto en el sueño, comenzó a tender su red, le fue fácil conectar con los tripulantes de las aeronaves y mente a mente fue uniendo un sutil hilo tejiendo la tela de araña.

Sentía la manera en que todos los soldados intentaban cerrar sus mentes centrándose en un solo objetivo, matar y vencer. Tejió odios entrelazando unos a otros, llegando al origen de todos ellos.

El suelo helado, la nieve arrastrada por el viento, y un joven guerrero utilizando el hacha de guerra y su cuchillo acercándose sin ser visto hacía que sus armas bebiesen la sangre de un grupo de guerreros pies negros. Fue introduciendo estas imágenes en las mentes de los Cazadores y sintió inquietud, hizo que los muertos se levantasen ensangrentados y se dirigiesen hacia los helicópteros.

- *"Silkah, ya has visto lo que he hecho, ahora te toca a ti sujetar la red"*

Descolgando el arco del hombro, colocó una flecha y esperó a que descendiese la primera de las naves.

El paisaje había cambiado modificándose gradualmente para crear nuevas realidades, como había ideado Takeshi.

Los helicópteros iniciaron la maniobra de descenso y el engaño surtió efecto, uno de los patines de primer aparato golpeó en una roca y el desequilibrio hizo el resto, comenzó a caer de costado, el peso de sus ocupantes dispuestos para tomar tierra no le permitió rectificar.

No era mucha la altura, pero el accidente lo dejó fuera de combate, sus ocupantes fueron saliendo de entre los restos, las flechas de Fred comenzaron a clavarse en sus cuerpos, siete flechas, y siete cuerpos abatidos.

- *"Al helicóptero, esa es nuestra mejor defensa"*

La observación de Fred llegó con nitidez a Silkah que la transmitió a Johnny, pero también le llegó a Takeshi que de nuevo recordó la cita de Sun Tzu[29]:

[29] General y filósofo chino del siglo V

- *"Ataca donde no se puedan defender y defiende donde no ataquen. Ahora me toca a mí"*

Rápidamente procurando no ser visto llegó hasta el lugar donde había caído el helicóptero y se ocultó entre sus restos, dejó el arco y desenvainó la katana.

El segundo helicóptero estaba tomando tierra, se trataba de la primera escuadra de asalto, de su interior salieron los primeros hombres descompuestos, aterrorizados, dando voces.

- ¡Preparad las armas!
- ¡Avisad a los artilleros, que utilicen el lanzagranadas!

Estos y otros gritos surgían de las gargantas aterrorizadas de los soldados mientras los fantasmas del pasado se les acercaban blandiendo sus armas. No podían ver que quien avanzaba oculto por la visión era Takeshi blandiendo su "Muramasa" al mismo tiempo que se oía la "canción de la espada" y a su ritmo la katana cortaba, tajaba y ensartaba a quien se ponía a su alcance.

Takeshi retrocedía dejando una alfombra de muerte tratando de devolver el cuerpo a su dueño natural.

- *"Ahora es mi turno"*

Rápidamente Fred preparó un lanzagranadas dirigiendo el tubo hacia el helicóptero más lejano que estaba realizando las maniobras de aproximación, enfocó el visor al mismo tiempo que regulaba el goniómetro fijando el objetivo.

El proyectil se dirigió raudo hacia el destino fijado, que al descubrir lo que se les avecinaba, el piloto intento realizar una maniobra evasiva, pero nada pudo hacer por evitar el desenlace. Una llamarada acompañada de una explosión, seguida de una lluvia de los trozos del fuselaje y una nube de humo, después el sol se abrió paso y el cielo continuó igual de azul que antes de la explosión.

La tripulación de los dos aparatos que todavía se encontraban en el aire, veían sin comprender lo que había pasado, soldados de élite provistos del más moderno armamento habían desaparecido en un instante ante un enemigo invisible, el miedo que había anidado en ellos, se incrementó con lo que habían visto. La liberación les llegó a través de voz metálica surgida desde el intercomunicador.

- ¡Retirada, rápido retirada!

Realizando un rápido ascenso se perdieron por el horizonte.

-Desconectad todos los aparatos que dispongan de dispositivos de posición.

La voz de Fred resonó en el bosque mientras una veintena de hombres surgían como sombras de entre la maleza asombrados de lo que habían visto.

Johnny se puso al frente, abría la marcha mientras deba la orden de partida.

-Vamos que nadie quede rezagado. Al punto de reunión.

Capítulo 11: Retorno a Saskatchewan

El grupo se dirigía a "paso ligero" hacia el punto de encuentro en New Meadows, un día de camino tratando de no ser descubiertos.

Se acercaban a la entrada de un pequeño cañón que en otro tiempo había sido utilizado por los antepasados como trampa en la caza del bisonte, al que se accedía por un camino que hacía la labor de embudo.

Antes de introducirse por él, Johnny hizo una señal a Ojo de Halcón, que se adelantó para asegurarse de que todo estaba en orden.

Dos camiones Oshkosh L-ATV se encontraban ocultos por redes de camuflaje esperando para transportar rápidamente al grupo.

Emitió el canto del pájaro azul, y aparecieron de entre las rocas cuatro hombres armados de fusiles de asalto. Al verlos solo tuvo que decir:

-En marcha.

Procuraron circular por vías poco transitadas bordeando las poblaciones usando el motor eléctrico, su plan consistía en atravesar la frontera utilizando las rutas de los cazadores, después podían pasar desapercibidos como si se tratase unidades dedicadas a la seguridad de las minas de uranio.

La antena del radar giraba constantemente buscando posibles atacantes, recibía señales terrestres y aéreas que enviaba a la pantalla vigilada por los ojos expectantes de Johnny. Cada punto luminoso que parpadeaba dentro del área denominada de seguridad era objeto de un rápido análisis, que se traslucía en una ligera tensión en los maxilares, quedando relajados cuando el punto era identificado o desaparecía.

El resto de los ocupantes del vehículo trataba de distraerse de la mejor forma posible, unos dormían mientras los otros jugaban para olvidar la tensión producida por la incertidumbre del viaje.

Silkah sentada junto a Fred trataba de analizar lo sucedido y entender lo concerniente a Takeshi.

-Tienes que contarme lo que pasó en el experimento.

Fred absorto en sus pensamientos dio un respingo y mirándola con cariño contestó:

-No fue como en los sueños, esta vez me sentí morir. Mira bia', fue como pasar de la vida a la muerte para tener un atisbo de vida en otro sitio distinto, creo que encontré la ***"puerta"***

Quedaron en silencio durante unos momentos, tratando de comprender lo sucedido. Silkah le dio una palmada en el muslo con el convencimiento de que había servido para confirmar la teoría sobre los ***"viajes"*** a través del tiempo y el espacio, habiendo unido leyenda y realidad. Se trataba de un gran descubrimiento.

- ¡Tú padre y tú teníais razón! Continuaste sus investigaciones sobre la ubicación de ***"la puerta"***, y has confirmado tú teoría.

-Lo se bia', pero tengo que seguir trabajando, conozco el punto de partida, necesito tener certeza de alcanzar con seguridad el punto de destino.

Silkah lo miró con admiración mientras realizaba gestos de asentimiento con la cabeza.

-Solo si encuentro ***"la puerta"*** de la que hablan las historias de nuestro pueblo, podré comparar mi teoría.

....

-Kaku[30].... kaku...

La joven corría por un camino de arena mientras llamaba a su abuela gritando en el idioma de sus antepasados.

Llegó al edificio de las cuadras donde sabía que se encontraba la anciana junto a su caballo preferido.

Empujó con fuerza la puerta del establo entrando como una exaltación.

-Para niña ¿Qué pasa, se está hundiendo el mundo?

-Abuela... ¡Ya han pasado la frontera!

-Calma mi niña. Sé que es muy importante, todavía les queda el último tramo, están esperándoles en las lagunas.

Dando media vuelta, la abuela siguió cepillando al potro mesteño que movía la cabeza y piafaba agradecido por la atención.

-Vuelve con los niños no sea que hagan alguna travesura.

-A Jeremy lo he dejado con Perro Loco y Winona está en la cocina con Liana porque sabe que viene su papá.

- ¡Demonios de niña! Así era tu madre a su edad.

La voz nostálgica de la anciana puso un gesto de tristeza en la joven que salió de la cuadra para no dejar ver las lágrimas que pugnaban por salir de sus ojos.

....

Estaban llegando a la zona petrolífera de Athabasca[31], se había vuelto un lugar bastante tranquilo desde que no había tanta actividad en las carreteras al encontrarse las minas cerradas por falta de rentabilidad

Por fin se encontraban en territorio amigo y aprovecharían para relajarse un poco y descansar antes de la última etapa.

---

30 Abuela

31 Provincia canadiense

-Ya estamos cerca, atentos todos es territorio aannoo (cree), nos esperan y nos señalarán el camino a través de las dunas. Nuestras gentes estarán esperando. No quiero problemas.

Johnny miró fijamente a todos para cerciorarse que le habían entendido, hizo una señal a Fred y bajaron del camión.

Silkah intentó seguirles, le hicieron una señal con la mano para advertirle que se quedase en su asiento.

-Ahora te espera el jefe cree Oso Gris. De ti depende su ayuda.

Llegaron a un viejo edificio que había servido de almacén de maquinaria para la extracción de betún.

-Jefe Oso Gris, soy Johnny Huuppaka[32], me acompaña Bio'yipe, como indicaste para poder conocerlo en persona. Vamos de camino a Saskatchewan. Esperamos tu ayuda para detener a los que nos siguen.

El viejo jefe cree se quedó mirando a Fred haciendo un gesto de asentimiento.

-Aunque pertenecemos a distintos pueblos, tenemos antepasados en común. Sabes que cada nación aportó personas a tu tribu y concretamente la madre de tu antepasado Zorro Rojo era una mujer cree. He querido conocerte para formalizar nuestra alianza y convocar un consejo de jefes de todas las naciones implicadas.

- Oso Gris, agradezco tus palabras y como jefe más anciano, te corresponde convocar al consejo, pero antes debo ir hacia el lago Waskesiu. Nos persiguen los enemigos de la tribu, si llegan hasta aquí antes de nuestra partida, habrá lucha.

El anciano jefe asintió con un gruñido y dirigiéndose a Johnny le dijo:

---

[32] Flecha

-Vuelve a los camiones y llévalos al búnker. Bio'yipe, se dirigirá a las lagunas como lo hacían los antepasados en sus ***"largas noches"***

Johnny se dirigió hacia la puerta del almacén y antes de salir se volvió y le dijo a Oso Gris:

-Silkah está con nosotros.

-Ella lo comprende.

El jefe se volvió hacia Bio'yipe y señalándole un cuchillo y un hacha que había sobre una mesa le indicó.

-Desnúdate y coge esas armas, después te dirigirás a las lagunas por el camino del norte. Evita las zonas pobladas, y cuídate de los peligros.

Desnudo en el centro del local, tomó el cuchillo y se dispuso a cortar los pantalones por la costura de los costados, después cortó la largura de las piernas y con su nueva vestimenta, se colocó el cinturón con las armas, disponiéndose a iniciar el viaje.

Al mismo tiempo dos camiones de transporte de personal partían hacia su destino en dirección opuesta.

....

La mujer casi una niña recogía las plantas que había puesto a secar unos días antes y las separaba en pequeños paquetes, memorizando la utilidad de cada variedad. Su abuelo Oso Gris no permitía una duda sobre las características de cada una de las hierbas, siempre le decía lo mismo:

- *"Una planta bien utilizada puede dar la vida. Mal utilizada puede producir la muerte"*.

La estaban preparando para pertenecer a la tribu del lobo blanco y no quería fallar cuando llegase a realizar la prueba. Desde muy pequeña sabía que poseía la capacidad de provocar los sueños, las ***"abuelas"*** le habían dicho que era el momento de prepararse para sus ***"largas noches"***. Una vez superada la prueba, sería considerada mujer y podría unirse a un hombre.

Esto último le preocupaba, quería terminar la High School y después ir a la universidad. Los chicos lo tenían más claro, después de su prueba, al tener la edad tenían que ir al ejército y al finalizar su periodo militar seguían con su formación, después se incorporaban a la tribu, jurando mantenerlo en secreto.

Como todos los años acompañaría a su abuelo al consejo de jefes, para ella se trataba se unos días de vacaciones y poder ver a su amiga Duupi[33], le pasaba unos años, pero podía hacerle preguntas que no se atrevía a preguntar a su abuelo. Además, estaban los niños de su amiga, con ellos había pasado unos días inolvidables, el niño era un torbellino, y la niña le contaba historias que ella decía que eran de sus otras vidas.

Toyakoy[34] se sentó en el suelo sobre una manta y dejó volar su imaginación mientras introducía los dedos en el riachuelo dejando que el agua fresca pasase entre ellos produciéndole un suave cosquilleo.

-Toyakoy, date prisa, se está acercando, tienes que preparar un refugio en las dunas.

Una vez más le hablaba la abuela del vestido de piel de gamo con adornos extraños. Como siempre le decía que tenía que hacer algo para lo que no estaba preparada.

- ¿Cómo debo hacerlo? No he hecho nunca nada parecido.

-No te preocupes, ten confianza, te iré indicando.

....

[33] Obsidiana

[34] Pico de Montaña

El sol comenzaba a declinar dando paso a la oscuridad y el frío comenzaba a hacer acto de presencia.

Bio'yipe sabía que debería buscar un refugio para poder aguantar las bajas temperaturas de la noche.

Comenzaban a aparecer las estrellas y eligió un terreno arenoso para realizar un hoyo donde refugiarse tapándose con la arena retirada.

El peso de la arena le produjo una agradable sensación al permitirle mantener el calor del cuerpo, se quedó mirando a las estrellas recordando los últimos acontecimientos tratando de olvidar los sonidos emitidos por su estómago.

El sueño fue llegando y con las imágenes, un niño pequeño de no más de tres años, lloraba en brazos de su madre mientras la mujer abría la puerta de un todo terreno.

-La bebé. No viene la bebé.

-Ahora vamos a buscar a papá. Luego vendremos a recoger a Silkah y a la bebé, para ir a ver al abuelo Matthew.

Las escenas cambiaron, Takeshi se encontraba en peligro, estaba herido y lo perseguían.

-Fred, despierta, tenemos compañía.

Era Takeshi y o se trataba de un sueño, Fred despertó en silencio, tenía práctica, recordando otros momentos cuando era Ojo de Halcón quien lo despertaba.

Abrió los ojos y escuchó. No pasó mucho rato hasta que oyó el roce de unos pies acercándose.

- ¡Apaga la linterna! Según el radar, está cerca, pero ahora no hay señal.

-Menos mal que Oso Gris no ha revisado el cuchillo.

-Ssss. Silencio, tiene que estar cerca y puede oírnos.

Las voces se acercaban, Fred contuvo la respiración, se quedó inmóvil y observó a través de unas matas de hierba que creaban una pequeña pantalla ocultando su cara a los perseguidores.

Poco a poco hurgó con sus dedos en el mango del cuchillo tratado de descubrir alguna anomalía.

- *¡Ya está!*

Había descubierto una pequeña junta en el pomo de la empuñadura, sabía lo que era, él lo había utilizado en muchas ocasiones para poder ser localizado por el mando en las misiones peligrosas en caso de tener que ser rescatado.

Sabía cómo quitarlo, pulsó con la punta del dedo pulgar hacia arriba y noto como cedía el anclaje.

- *¡Estoy preparado! Ahora trataremos de salir de esta encerrona, luego ya veremos quién es el culpable.*

Esperó hasta que los pasos se fuesen alejando para levantar con cuidado la cabeza. Unos veinte metros a su izquierda dos sombras se movían con mucho cuidado, se hicieron más visibles al emitir un apagado haz luminoso que acariciaba el suelo para tratar de descubrir el rastro de Fred.

Lentamente fue retirando la arena de encima de su cuerpo reptando silenciosamente fuera del agujero.

El frío de la noche le tensó el cuerpo, pero no le prestó atención, fue arrastrándose hasta llegar a la cima de una duna.

- *¡Ahora me vais a encontrar!*

La presa se había convertido en cazador, los dos hombres a ojos de Fred habían dejado de ser seres humanos para convertirse en los objetivos de una cacería en la que estaba en juego la vida. El hombre civilizado dio paso a un hombre primitivo que lucha por la supervivencia en un paraje hostil.

-*Los dos a la vez.*

Avanzó realizando un pequeño círculo hasta que el viento le llevó el olor a hombre, pero también le llevó olor a miedo y a nerviosismo.

Le agradó sentirse unido a la naturaleza, ya estaba dispuesto para realizar el ataque, un poco más y al mismo tiempo que saltaba como si hubiese sido impulsado por un resorte, emitió un grito de furia que terminó siendo una estentórea carcajada.

Aunque hubieran querido reaccionar, no hubiesen podido hacerlo, el hacha de Bio'yipe cayó sucesivamente sobre los dos hombres arrebatándoles la vida y antes de que cayeran sus cuerpos al suelo, en un giro imposible aseguró su muerte con el cuchillo.

Buscó la linterna y miró las caras de los muertos y elevó una plegaría a los antepasados para que los acompañasen en su viaje a las grandes praderas. Después abrió la bolsa de subsistencia buscando comida, necesitaba proteínas.

- ¡Puercos Pies Negros! Serviréis de comida a las alimañas.

Elevó la vista a las estrellas para poder orientarse y se dirigió hacia el sureste, quería alejarse lo antes posible de aquel lugar, trataría de descansar durante el día, pero antes si quería comer, tenía que encontrar un abrevadero de animales.

Estaba amaneciendo, era hora de encontrar agua. Buscó huellas en el suelo y después de un rato las encontró, pertenecían a varias especies de animales, las siguió con cuidado y si bien no llegó a la orilla del agua, sobre una roca pudo ver un lagarto aprovechando los primeros rayos de sol del día.

No le costó mucho capturarlo y le dio las gracias por servirle de alimento, después siguió buscando el agua que necesitaba para saciar su sed.

Se encontraba cansado y al acercarse al agua olvidó toda la prudencia que le habían enseñado desde que era un niño.

-No molestes a ningún ser vivo y habrá equilibrio en el universo.

Los acontecimientos de la noche pasada habían hecho mella en él y el cansancio mermaba su capacidad de reflejos.

Al ver el agua se acercó rápidamente a la orilla del río con la intención de introducirse en ella para despejarse y continuar el viaje.

Sintió una vibración en la planta del pie, como si se tratase de un muelle que se desenrosca, un sonido y un fuerte pinchazo en la pierna. Su mano se dirigió con rapidez hacia la parte cercana a su tobillo agarrando por la cabeza a una serpiente que había anidado entre las cañas de la orilla.

Su rapidez y la presión ejercida en las mandíbulas no permitió que los incisivos del ofidio inoculasen todo el veneno en la vena, por experiencia sabía que había una parte importante en su cuerpo, sacó el cuchillo haciendo un corte en su pierna, en el lugar en el que habían quedado dos pequeños orificios verdosos de los colmillos de la serpiente. Presionó en la herida para extraer la sangre infectada.

Recordó las indicaciones de Silkah y busco rápidamente la planta serpentaria, la arrancó y masticó las raíces para hacer una papilla que colocó sobre la incisión, haciendo un vendaje con la piel de la serpiente.

No podía detenerse mucho, debería llegar cuanto antes al lago Waskesiu, lo estarían esperando para continuar hacia el norte, era su única esperanza.

Sabía que el veneno iría haciendo efecto y podía perder el conocimiento, necesitaba comer y descansar y no tenía tiempo para para hacerlo.

Debía atravesar una zona árida casi un desierto, antes de llegar a las montañas, en su estado tendría que utilizar todos los recursos aprovechando las escasas energías que le quedaban.

-*Un esfuerzo más y al otro lado Saskatchewan.*

Notaba que las fuerzas le fallaban, buscaba por todos los lados, se frotó los ojos, comenzaba a tener fiebre y tenía la mirada borrosa, pero a lo lejos podía distinguir la imagen de un cactus.

-Wogwai'bi. Tiene que haber wogwai'bi.

Dudaba, era difícil que pudiera crecer el peyote en esas latitudes, podría tratarse de una alucinación producida por la fiebre, pero la figura del cactus era igual a la que conocía, recordaba que a su abrigo crecía el pequeño cactus redondo que solucionaría sus necesidades básicas.

Paso a paso llegó hasta la planta y buscó alrededor, con el cuchillo en la mano, no había nada más, el desánimo comenzó a invadirle, dio un traspiés y tuvo que apoyarse en el saliente de una roca, miró al suelo. Allí estaba, un pequeño cactus redondo, rodeado de cuatro bolas más pequeñas.

- ¡Gracias a Dios! Con esto podré seguir.

La esperanza volvió a inundarlo. Cortó la planta y extrajo la pulpa de su interior. Sabía que aquello saciaría él hambre y la sed, dándole fuerzas para continuar.

....

Había terminado el refugio aprovechando una especie de cueva excavada al pie de una roca, fue cerrando la entrada con plantas secas y piedras resguardando el reducto del frío del exterior.

Se dirigió hacia la orilla del riachuelo, necesitaba disponer de juncos para colocarlos en el suelo sirviéndole de aislante resguardando el cuerpo de la humedad de la tierra.

Toyakoy se preparó para pasar la noche, después de cuatro días no había conseguido tener sueños que pudiesen ser aceptables.

-Si esto sigue así, habré fallado. Espero que lleguen pronto los sueños. Tal vez, la mujer me pone a prueba.

Encendió fuego y puso un recipiente con agua al que añadió unos brotes de plantas que junto a un pequeño pez le serviría de cena.

Durmió mal, tuvo pesadillas inconexas, que no supo descifrar, y cuando se cansó de perseguir al sueño, se levantó y salió al exterior.

Hacía frío a pesar de encontrarse en el principio del verano, miró al cielo y vio el espectáculo más maravilloso que había visto nunca, contempló una verdadera lluvia de estrellas. Se dejó llevar por la magia del momento y se tendió en el suelo para poder contemplarlo con más tranquilidad.

La belleza de las tonalidades celestes daban un misterioso encanto a la oscuridad nocturna, trasladando a Toyakoy hasta un punto donde las preocupaciones desaparecen. Las estrellas comenzaron su danza ritual que la fueron absorbiendo hasta elevarla, la hicieron girar en el vacío para lanzarla hacia adelante.

En ese punto no existía luz ni oscuridad, la visión en blanco y negro le recordaba a una película en negativo, los lobos, con ojos brillantes corrían en manada buscando su presa, serpientes en busca de pequeños roedores.

Jadeos y pasos indecisos golpeando con fuerza el suelo, ruido de piedras que ruedan al ser arrastradas por unos mocasines que trasmiten el cansancio de su poseedor.

Rápidamente dirigió su mirada hacia donde se oía el ruido y pudo ver un hombre con paso tambaleante, casi desnudo que se dirigía hacia el lugar donde se encontraba el refugio que ella acababa de construir.

-Tengo que ayudarle, no se encuentra bien y en su estado no puede llegar muy lejos.

El foco de visión fue contrayéndose hasta convertirse en un pequeño punto, abrió los ojos y las estrellas seguían trazando su trayectoria luminosa.

Se incorporó y se dirigió sin dudarlo hacia donde había visto al hombre enfermo. Tenía que actuar con rapidez, había visto lobos en la zona que no tardarían en olfatearlo y en su estado sería presa fácil. Al adentrarse en la oscuridad se sorprendió mantener la visión en blanco y negro, pero no le prestó atención porque solo pensaba en poder ayudar al hombre.

- *¡Ahí está!*

Se dirigió corriendo hacia el camino por donde se acercaba Fred que al verla y en un último esfuerzo, empuñó el hacha y se preparó para lo que él creía un ataque.

-Ta...ke...shi.... es tú turno...

La voz entrecortada, la cabeza le daba vueltas, y sin fuerzas se dispuso a recibir el golpe final.

No opuso resistencia cuando se le acercó la mujer y sujetándole de un brazo se lo pasó por los hombros para servirle de apoyo, facilitando su traslado hasta el refugio.

-Mi nombre es Toyakoy, nieta del jefe Oso Gris, las abuelas antepasadas me han enviado para ayudarte.

Oía la voz lejana como si hubiera sido tratada con sintetizador, el tono le transmitía confianza, y se dejó llevar mansamente con la sensación de que atravesaban zonas peligrosas, aullidos de lobos respondidos por gruñidos emitidos por la garganta de la mujer hacían dudar a Fred de la realidad del momento, todo muy lejano y muy irreal.

-Pesas mucho, ayúdame un poco para poder entrar en el refugio.

Utilizó toda su fuerza para hacer que entrase por la apertura que hacía de puerta, después buscó leña para encender fuego y poner agua a calentar.

Retiró como pudo las escasas prendas de vestir, había visto un grupo de pinos tea y buscó una rama baja para que le pudiste dar suficiente luz debido a la cantidad de resina.

-Esta servirá. ¿Quién será?

Clavó la rama en el suelo para poder ver el cuerpo de Fred, inició su examen por los pies y al ver el vendaje improvisado en la pierna, se lo retiró admirándose de la improvisada cura y por la información que le aportaba.

- ¡Le ha mordido una víbora!

Retiró el emplasto y lo olió para descubrir de que se trataba. Hizo un gesto de asentimiento con la cabeza y dijo:

-La serpentaria te ha ayudado, pero has hecho algo más para sobrevivir.

Siguió la exploración por todo el cuerpo y salvo la cicatriz en el hombro producida por una bala en una de las operaciones en el Cuerno de África, al llegar a la cara se sobresaltó.

- ¡Dosa-sosoni'[35]!

El Shoshone Blanco, así se le conocía a Fred entre las tribus, un apelativo que evitaba por seguridad decir su nombre. Fue a recoger el agua caliente y lavó todo el cuerpo, después observó la herida que seguía manteniendo pequeñas zonas verdosas indicando que todavía quedaban restos del veneno.

Buscó en su bolsa y preparó otro emplasto de varias yerbas, se lo colocó y se sentó a su lado observando el cuerpo desnudo. No

[35] Shoshone Blanco

quería que la mente se perdiese impidiéndole centrarse en lo realmente importante, pero no podía evitar que un calor agradable invadiese su cuerpo.

Vacío el agua del recipiente y salió para recoger unas brasas que pudiesen mantener caliente el interior del refugio.

-La bebé, se llevan a la bebé.

Toyakoy se despertó sobresaltada al oír las voces. Fred estaba agitado moviendo sus manos intentando agarrar algo mientras seguía gritando.

Lo tocó en el hombro para intentar calmarlo retirando la mano llena de sudor, colocó la otra nano en la frente comprobando su temperatura.

-Tienes fiebre, ahora te preparo una infusión de corteza de abedul.

Fue hacia la hoguera con el recipiente para preparar la infusión, volviendo junto al enfermo que seguía con el sueño agitado y poco después comenzó a tener convulsiones, elevándose para volver a caer a la cama de juncos repetidas veces.

Toyakoy salió y sin dudarlo se quitó la camisa y la introdujo en el agua del río cercano, a la vuelta a la hoguera retiró el recipiente de agua hirviendo y vertió en ella la corteza de abedul y tomillo para hacer la infusión, luego cogió del suelo una manta y volvió junto a Fred.

Fue mojándole la frente pasándole la camisa empapada en agua fría, al ver que los espasmos disminuían fue pasándola por el pecho y brazos.

-Tengo que lavarte para eliminar el sudor y tratar de que desaparezca la fiebre.

Le hablaba como si pudiera escucharle, no estaba segura de que la oyese, pero al menos sus palabras tuvieron un efecto sedante.

-Ahora tienes que tomar la infusión.

Lo tapó con la manta y poniendo la cabeza en las piernas de ella fue dándole la bebida muy lentamente.

La fiebre fue decreciendo y el calor fue dando paso al frío, Toyakoy intentó que no se retirase la manta, luego lo masajeo vigorosamente, la temperatura seguía bajando y aparecían de nuevo los espasmos.

- El veneno está haciendo efecto, tengo que hacer que reacciones. Tú cuerpo no puede paralizarse.

Se desnudó y se tendió junto a Fred tapándose con la manta lo abrazo para transmitirle el calor de su cuerpo, notando contra su cuerpo la firmeza muscular del hombre que lentamente se relajaba, fue calmando la respiración alcanzando un sueño reparador. Ella también fue dejándose arrastrar por el cansancio quedándose dormida.

La figura de un gran jefe se fue materializando sirviéndoles de guardián y guía en un sueño compartido entre los dos durmientes transportándolos a otros universos donde el cuerpo físico tiene prohibida la entrada.

Les recordó la historia de su pueblo llevándolos al pasado, les enseñó su destino mostrándoles el futuro al que podían acceder por distintos caminos, cuyo resultado dependía en todo momento de la vía elegida.

Capítulo 12: Ainga-Waani

-Soy Ainga-Waani (Zorro Rojo), "Primer Hombre" o lo que es lo mismo, guardián y transmisor de los conocimientos de la tribu, en mi época. He venido desde mi mundo para transmitiros la historia de vuestros antepasados.

Cuando mi padre Camehawait era casi un niño, mi pueblo fue atacado por los Pies Negros. Querían apoderarse de nuestras tierras de caza en Saskatchewan, y obtener nuestros caballos como trofeo de guerra.

Él también fue atacado por una partida de guerreros al regresar al poblado después de sus "largas noches". Debido a su entrenamiento con los ancianos soñadores, pudo vencer a todos enviándolos junto sus antepasados a las ***"grandes praderas"***.

Al llegar al poblado, comprobó que se había cumplido lo que le habían comunicado los sueños, ante sus ojos aparecía un paisaje de destrucción y muerte.

Los Pies Negros llegaron durante la noche matando a los vigilantes para que no pudiesen advertir a los que se encontraban durmiendo.

Camehawait se culpó durante toda su vida por no haber podido avisar lo que le habían manifestado los sueños.

Siempre que me contaba lo sucedido, terminaba con los ojos húmedos, de esta forma mostraba su pena y su sentimiento de culpa.

Todo estaba previsto. Él tenía que salvar la vida, así lo quería el Gran Espíritu y no había nada que hacer para modificar el destino.

Yo tenía que haber partido hace mucho tiempo a los ***"grandes territorios de caza"*** hasta que pia-kuittsun, el gran bisonte e itsape el coyote vuelvan a nuestro pueblo para dar comienzo a la nueva era.

Prometí a Camehawait, mi padre, que me quedaría en este espacio intermedio entre el mundo de los vivos y el de los muertos, esperando la llegada de siguiente ***"Primer Hombre"***. Él será quien unifique y transmita todo lo que ha sido dispuesto.

Durante el ataque de los "pies negros", recibió una visita del futuro un hombre joven a quien enseñó la manera de tejer una red de caza. Se encontraba muy agradecido a los antepasados que le permitieron ver al que reunirá todos los conocimientos de la tribu.

Ahora seguidme para que podáis ver toda la historia. Zorro Rojo fue dejándose llevar por la nostalgia y desde la ***"Tierra Intermedia"*** tenía la capacidad de ver el pasado y el futuro. Era el guardián de la tradición designado por su padre y su obligación era la de proteger a los portadores de conocimientos ancestrales.

Como había pasado en otros momentos, un bello zorro de color de fuego se dirigía las montañas de Saskatchewan desde donde podía observar las grandes llanuras, en este momento no se encontraba solo, le acompañaban un águila calva y un enorme lobo blanco que observaban una historia que había sucedido más de dos siglos antes.

....

Camehawait se fue acercando a los restos del poblado. Solo pensaba en lo que podía haber pasado a su familia, viendo cuerpos mutilados a un lado y al otro, muchos de ellos semi carbonizados, hombres sorprendidos durante el sueño, alguno había tenido tiempo de alcanzar las armas.

Una mirada rápida le permitió cerciorarse de que allí no se encontraban todos, alguien había quedado con vida y tenía que buscarlos. Un rayo de esperanza hizo que se armase de nuevas fuerzas que lo hicieron dirigirse con rapidez hacia el yuunkhani de su familia. La imagen inundó sus retinas. Su madre y la abuela, faltaban sus hermanos, Baa'ga, (Punta de flecha), le habían puesto ese nombre porque en las peleas de entrenamiento entre grupos siempre se colocaba en cabeza para ser el primero en el ataque y Sacajawea su hermana casi una mujer con los conocimientos de las hierbas y desde muy niña conocía las rutas de los animales. No podía quedarse a llorar las muertes. Tenía que buscar a su padre y a sus hermanos, ninguno de ellos se encontraba entre los muertos.

Deseaba honrar a los muertos dándoles un entierro digno, pero nadie podía saber que había sobrevivido. Una última mirada, una lagrima de despedida junto a una petición a los antepasados para que recibieran con los debidos honores a los que habían iniciado el camino y, por último, la promesa de una venganza inmediata. Después frialdad, dureza y necesidad de acción.

Desvió la atención para dedicarse a buscar en el suelo helado huellas conocidas que le aportasen datos de los que habían quedado con vida. La nieve caída durante la noche había cubierto el terreno, indicándole que el ataque lo habían hecho antes de la madrugada. Buscó en los bordes de los caminos de acceso al poblado donde había algo de hierba. Lo miró todo como le había enseñado su padre para rastrear a los animales.

El esfuerzo dio su fruto y el corazón, un vuelco. Entre unos arbustos encontró un cinturón que había trenzado su hermano, al cogerlo pudo distinguir unas manchas de sangre.

Observando detenidamente se tranquilizó, parecía que había sido transmitidas por alguien, más que por una herida propia.

Siguió adelante y encontró una nueva señal. Muchas huellas de mocasines mezcladas y la hierba excesivamente machacada, mostraba lucha, pero no había ningún cuerpo, analizó todo el grupo de huellas hasta distinguir las pertenecientes a su hermano, llegando a la conclusión de que había sido hecho prisionero.

Sabía que los pies negros podían vender como esclavos a los prisioneros capturados en las incursiones, y lo más probable era que los canjeasen por caballos al hombre blanco, pero al menos se encontraban vivos, tendría que actuar con rapidez para liberarlos.

Buscó huellas de su padre y las encontró junto a otras luchando en retirada, vio con claridad que intentaba poner a salvo a una parte de la tribu y conociéndolo bien, era probable que lo hubiera conseguido.

Dejó de buscar huellas y se dirigió rápidamente hacia un pequeño barranco que utilizaban como refugio en el caso de no poder defenderse ante un ataque.

Se acercó sigilosamente vigilando con cuidado tratando de descubrir posibles enemigos escondidos. No encontró a ningún miembro de la tribu, aunque había señales de que habían pasado por allí, además faltaban los caballos.

Al girar un recodo, oyó ruido de cascos y un relincho, se acercó a la pared y miró con cuidado. Se sorprendió al ver un caballo blanco dispuesto para ser montado, su asombro no tuvo límites y soltó un sonido de sorpresa, el caballo al oír ruido enderezó las orejas y levantó la cabeza con movimientos nerviosos.

Camehawait comenzó a acercársele mientras le hablaba suavemente para tranquilizarlo. Al llegar cerca pudo ver que estaba ensillado a la española y las riendas de cuero trenzado, se las había visto confeccionar a su padre. Eso quería decir que se trataba del regalo por sus ***"largas noches"*** y al mismo tiempo le estaba diciendo que debía partir hacia el punto de reunión, pero eso podría esperar, antes tendría que liberar a su hermano.

Montó al caballo y se dirigió hacia el norte. Conocía donde tenían el poblado de invierno sus enemigos. Al llegar cerca buscó un lugar donde esconderse en una cueva cuya entrada se encontraba protegida por una gran roca. Esperó a que anocheciera mientras iniciaba su sueño para poder preparar la estrategia necesaria para llevar a cabo el ataque.

Pidió ayuda al águila dirigiendo su vuelo hacia el poblado. Observaba las hogueras y las tiendas de piel de búfalo desde arriba, y pudo ver a su hermano atado junto a otros niños en un cercado que parecía para animales o guardar leña.

Trató de ponerse en contacto con ellos para avisarles de que se encontraba cerca y los salvaría. Esperanzados, se dieron cuenta de que un águila se comunicaba con ellos y algo más raro todavía, les daba indicaciones de la manera en la que debían actuar.

Entre todos crearon mentalmente la imagen de un lobo blanco que inmediatamente fue visto por el águila, al comprobar que habían comprendido lo que esperaba de ellos, voló hacia la cueva.

Camehawait se preparó para realizar el ataque, se desnudó y cubrió su cuerpo con barro y un colorante hecho con hojas y bayas. Podía ocultarse perfectamente entre las sombras nocturnas y ser confundido con cualquier accidente del terreno.

Con movimientos suaves y precisos fue acercándose al poblado mientras conectaba con sus habitantes, fue atrapando los sueños de todos ellos y pudiendo ver los miedos de las madres por no disponer de suficiente comida para sus hijos, los guerreros estaban confiados por el resultado de la incursión, pero en el fondo había miedo.

Una sombra silenciosa fue acercándose al vigilante que sintió como pasaba una pequeña corriente de viento frío, justo en el momento en que la hoja de un cuchillo le seccionaba la carótida.

Después nada, la sombra se dirigió hacia el centro del poblado, donde se encontraban los prisioneros. El cuchillo nuevamente hizo acto de presencia para cortar las ligaduras de los niños. Todos ellos que habían sido instruidos por los grandes soñadores de la tribu, captaron sus órdenes.

Los miró a todos comprobando que se encontraban ilesos. Doce niños con los que tenía que formar una fuerza de ataque que causase el caos suficiente para poder escapar.

Se colocaron en círculo colocándose Camehawait en el centro y desde ese punto generaron imágenes que comenzaban en forma de neblina asentándose hasta parecer reales. Todos miraron su obra sintiéndose satisfechos del resultado.

Una docena de guerreros Pies Negros, eran los mismos con los que había luchado Camehawait en las lagunas dando la sensación de haber vuelto de la tierra de los muertos. Deshicieron el círculo y se mezclaron con las imágenes quedando ocultos por la bruma.

No les costó llegar a una hoguera cercana, y cogiendo unas ramas encendidas dieron fuego a las tiendas del poblado. Las llamas fueron multiplicándose y comenzaron los gritos de alarma.

La sorpresa de los primeros miembros de la tribu que salía de entre las llamas, fue enorme al ver a la partida de caza que había vuelto y eran los causantes del ataque.

En medio del caos las imágenes se dirigieron hacia una zona protegida por la oscuridad de la noche, desapareciendo.

Camehawait les dio una orden:

-Dispersaos en grupos de a dos. Tenéis la obligación de llegar vivos al punto de reunión en Okapi Basinu'yu (el río Snake en la actualidad)

....

El alba comenzaba a hacer acto de presencia, en el interior de la cueva improvisada, dos cuerpos desnudos fundidos en un estrecho abrazo volvían a la vida.

Toyakoy notó el calor del cuerpo de Fred y una incipiente vibración acariciaba su pubis. Calor y ahogo al mismo tiempo, fueron el preludio del placer, el abandono y la aceptación del momento.

Su mano buscó el miembro viril que había alcanzado su punto álgido y lo fue acercando a su apertura vaginal, y entreabriendo las piernas, permitió que ambas fuerzas iniciasen su conocimiento.

Los labios del órgano femenino se posaron en la redondeada cabeza del pene y lo fue absorbiendo con suavidad provocando en la mujer oleadas de placer y dolor unidos mientras permitía que el miembro masculino fuese abriendo camino para poder acoplarse al femenino.

Fred volvía a la vida unido al cuerpo de una mujer joven que sentía como parte de sí mismo. El placer que sentía Toyakoy se lo fue transmitiendo como si se tratase de una espiral que envolvía a los dos en un movimiento ascendente.

Perdieron la consciencia del tiempo y el espacio, no permitiendo que los cuerpos los anclasen a la materia.

El universo explosionó despidiendo infinidad de puntos luminosos que dieron paso a un lobo blanco y un águila calva que se elevaron y fueron desapareciendo por el horizonte en busca de sus orígenes.

Capítulo 13: El viaje

Tres animales observaban desde la distancia los movimientos de Camehawait, que dirigía su caballo hacia el territorio aannoo' (cree) se decía que era la primera tribu, su madre era cree, y su abuelo el Dainape' mukua "hombre espíritu" de la tribu, y además quien lo había preparado para que superase sus "largas noches".

Tenía que pedirle consejo y contarle lo que había pasado con los Pies Negros.

El viejo Dos Osos "Wahatewe Akoaih", le había adiestrado en el arte de los sueños, y sabría cómo debía actuar y dirigir a su tribu para encontrar nuevas tierras e iniciar en ella una nueva vida.

El abuelo no se sorprendió de la visita, recibió la noticia de la muerte de su hija y la desaparición de su nieta con dolor, pero alegrándose de que los otros estuviesen con vida. Después de recibir las malas noticias, le preguntó:

- ¿Qué has hecho con los niños?

Camehawait se mantuvo un momento en silencio como si necesitase pensar en la respuesta.

-Les he indicado que se dispersen en grupos de a dos, para reunirse en el río Serpiente siguiendo la ruta de las montañas. Saben cazar y orientarse, creo que pueden llegar todos vivos en la próxima luna y podrá servirles de ***"prueba"***. Quien lo consiga habrá superado sus "largas noches".

El anciano lo miró largamente y asintiendo con un gesto de cabeza y le dijo:

-Has heredado lo mejor de dos pueblos y a pesar de tú juventud ya eres un guerrero. Pero no debes olvidar tu obligación de mantener los conocimientos de nuestros antepasados evitando que lleguen a desaparecer.

Y continuó:

-Ahora descansa y al amanecer saldrás con un grupo de nuestros guerreros para que llegues sin peligro al punto de reunión.

Camehawait no tenía intención de dormir, no sabía si aquella sería la última vez que veía a su abuelo y deseaba hacerle muchas preguntas.

Pasaron la noche hablando, el abuelo le contó desde que la primera tribu cruzó los hielos fueron separándose para buscar tierras en las que poder subsistir, cada clan tuvo a su hombre espíritu que aconsejaba al jefe.

Al separarse, cada grupo se llevó una parte de los conocimientos antiguos, cada primavera se reunían todos e intercambiaban conocimientos y elegían a quien debía dirigirlos manteniéndolo en secreto, de esta forma ninguna tribu podía poseer todo el conocimiento, impidiendo que intentase dominar al resto.

Le contó la historia como se la habían contado sus padres y a estos, los suyos y así generación tras generación, desde el principio.

"En los primeros tiempos, cuando el "primer hombre" atravesó la puerta dirigiendo a todo su pueblo, los Hombres Espíritu poseían el conocimiento de todas las cosas, podían adentrarse en el mundo de los muertos y ver lo que todavía no había sucedido.

También tenían acceso al interior de los cuerpos y curar enfermedades que hoy son incurables. Entre sus poderes se encontraba la capacidad de visitar otros mundos, aprender de ellos y traer los conocimientos a la tribu.

Así es como nuestro pueblo se hizo grande, había sido formado por diversas culturas aportando cada una de ellas el conocimiento que traían de sus antepasados agrupándolos todos para formar un solo compendio.

Había un peligro, cuanto más crecíamos más se acentuaban las diferencias dando lugar a envidias. Cada etnia se convirtió en nación para dejar de compartir los conocimientos. Con las separaciones, aparecieron las guerras por la posesión de la tierra.

Ninguno de ellos sabía que se había formado un grupo de ancianos que mantenían vivas las tradiciones. Pero con las guerras entre los pueblos surgieron también la necesidad de obtener poder y algunos intentaron apoderarse de los ancianos para poder tener a su disposición los conocimientos que ellos poseían.

Para mantener la paz optaron por irse cada uno de los ancianos a su pueblo de origen. Pero mantuvieron el contacto entre ellos y cada uno se comprometió a educar a un grupo de niños para que en algún momento puedan volver a unirse y agrupar lo que cada uno posee, y convertirlo en un conocimiento completo."

Después de contarle la historia continuó:

-Para que esto pueda llevarse a cabo, hay que volver a reunir en una nueva tribu en la que se depositen de nuevo todos los conocimientos que ahora están dispersos y pueden perderse. Todo esto tendrá que hacerse de manera oculta. Porque ahora tenemos que protegernos de nuestros hermanos y después del hombre blanco. Siempre habrá alguien que desee lo que poseemos.

Cada cierto tiempo aparecerá un ***"Primer Hombre"*** que se encargará de proteger nuestro legado y buscar a su sucesor a través de los mundos. Esa labor te corresponde a ti ahora.

Comenzaba a amanecer cuando Camehawait salió de la tienda de su abuelo, después de despedirse de él y encontró a un grupo de seis guerreros montados en sus caballos, que le esperaban con el caballo blanco dispuestos para el viaje.

Los miró a todos y sonrío al ver a sus antiguos compañeros de juegos, algunos un par de años mayores que él, pero todos habían pasado sus "largas noches" hacía uno o dos años.

Montó a caballo partieron hacia el sur, para protegerse, Camehawait mandó que se adelantase un rastreador, mientras dejaba a otro en la retaguardia con la orden de que le avisasen si veían enemigos.

Avanzaban con rapidez hacia las Montañas Rocosas, una cabalgada de dos días, además de los tres que hacía desde la liberación de su hermano junto con los otros chicos, quería llegar antes que ellos a la falda de las montañas donde podría esperarlos.

El día avanzaba y llegaba el momento de hacer una parada para descansar y pasar la noche, querían llegar al lago Waskesiu y poder defenderse en caso de necesidad por tratarse de una tribu hermana, compartir noticias con la hermana pequeña de su madre, y saber si su padre había pasado por el poblado, aunque era muy probable que no se hubiera arriesgado por si era seguido por los Pies Negros.

Cuando llegaron, les estaban esperando, el ojeador había llegado anunciando su llegada, y les habían asignado un teepee para que pudieran descansar y reponer fuerzas y poder afrontar la siguiente jornada.

Ciervo Rojo, lo recibió en la entrada de su tienda, con la alegría propia de encontrarse con un familiar que no veía desde la última reunión de las tribus cree, tenían que hablar porque podía ser la última vez que se viesen. Esperó a que hubiesen comido y llevó la conversación hacia temas vinculados al futuro de la tribu, pasándole la pipa, dijo:

-Mujer Nutria está triste por la muerte de tú madre, era su hermana pequeña y entiende que decidieras alejarte sin realizar la preparación del viaje a las grandes praderas.

Camehawait, asintió con la cabeza mientras tomaba la pipa y contestó pausadamente mirando a la hermana de su madre:

-No podía arriesgarme a que alguien supiera que no había muerto en el ataque, y tenía que salvar a los niños.

Mientras hablaban hizo su entrada el guerrero que había dejado para vigilar la retaguardia, saludó a todos y dirigiéndose a Camehawait, le dijo:

-Nos vienen siguiendo un grupo de Pies Negros, y me he desviado hacia el norte para despistarlos, pero volverán a encontrar mis huellas durante la mañana. Tendríamos que adelantarnos y llegar al río Kutenay antes que ellos. Mujer Nutria, se levantó rápidamente y dijo:

-No intentarán atravesar nuestro territorio, tendrán que rodearlo y perderán tiempo.

Le hizo una seña a su sobrino para que le acompañase y le comentó:

-A los Cree del lago nos encargaron los ancianos enseñar las propiedades de las plantas, y de eso se encargaron las mujeres. Un grupo de mujeres jóvenes irán contigo y será nuestra aportación a tú tribu.

Hizo una breve pausa observando la reacción de su sobrino y continuó hablando:

-Hemos enviado un emisario a territorio Apsalooke que tú gente los conoce como A'aa' y el hombre blanco los llama Crow para que también envíe a su grupo. Tendrás que viajar y conocer a tus parientes del sur para que conozcas tu origen y aprendas de ellos.

Montaron a caballo para dirigirse hacia Dembimbosaage (El Puente de Roca). Debían desviar a sus perseguidores para proteger a los chicos, ya tendrían suficiente preocupación tratando de mantenerse vivos y llegar a su destino. Había pasado mucho tiempo desde que los pies negros habían atacado su poblado y aún quedaban muchas más lunas hasta que llegasen a su destino.

....

Silkah miraba en silencio viendo marchar a Fred apenas sin ropa, y con pocas armas. Estaba preocupada por su niño, aunque sabía que estaba preparado para afrontar cualquier reto.

Los hombres habían montado el campamento y se disponían a pasar la noche. Esperarían unos días antes de continuar el viaje para permitir a Fred realizar su misión y vigilar el camino por si les habían seguido.

Se separó del grupo recogiendo una manta y se dirigió hacia un punto ligeramente elevado, para sentarse a observar las estrellas. La ausencia de contaminación lumínica permitía ver un cielo estrellado con infinidad de tonalidades.

Se fue dejando llevar por las estelas dibujadas en la oscuridad introduciéndose en un estado alterado de consciencia y comenzaron a aparecer las imágenes.

Fred se dirigía corriendo hacia la zona de las lagunas, lo veía orientándose por la inclinación del sol. Dos hombres corrían en la misma dirección varios kilómetros detrás. Ve la lucha mantenida y la mordedura de la serpiente. Zorro Rojo, Toyakoy y la cueva con la unión de los jóvenes.

Termina el ***"sueño"*** y vuelta a la realidad, sigue un rato en silencio evaluando lo que ha visto, da gracias a los Espíritus que le han permitido traspasar el tiempo, y levantándose, recoge la manta y vuelve al campamento.

Levantando la puerta de la tienda pregunta a los que se encuentran en el interior:

- ¿Dónde está Johnny?

-No ha vuelto todavía.

-Es urgente, vete a buscarlo y que venga también Oso Gris.

El hombre salió rápidamente en busca de su jefe, preocupado por la expresión vista en Silkah.

Volvieron rápidamente, a Johnny se le veía preocupado por lo que podía haber sucedido. Silkah se dirigió hacia Oso Gris y le dijo rápidamente:

-Hay enemigos infiltrados entre tus hombres. Dos están persiguiendo a Fred.

El jefe asombrado escuchó en silencio apretando los puños con fuerza.

-Ahora una pregunta. ¿Dónde se encuentra tu nieta?

Sin darle tiempo a contestar se dirigió a Johnny para darle órdenes:

-Que te diga el jefe donde se encuentra Toyakoy y sal con un grupo de tus hombres hasta ese punto. Por la mañana estarán en una pequeña cueva juntos. Fred está herido y ambos se encuentran indefensos. Toyakoy ha superado sus largas noches.

La calma dio paso al movimiento frenético, aunque de manera ordenada. Oso Gris pidió a Silkah que se encargase de la investigación y a Johnny que se diese prisa en llegar a donde se encontraba Toyakoy.

Capítulo 14: Los Mukua Nanakkwettsi[36]

Un grupo de gentes distintas, con vestimentas de colores variopintos, indicando la variedad de su procedencia, se adentraban por un camino abrupto entre tejos y robles.

Cansados, pero con la ilusión de ver cercano el final de su largo viaje. Seguían a un joven montando un caballo blanco y les animaba unas veces con la mirada y otras gritando frases cortas tratando de influir confianza en los que le seguían.

Al llegar a una pequeña explanada, salieron del camino para descansar y reponer fuerzas antes de alcanzar su objetivo. Desde ese lugar podían ver al fondo el curso de un río que se asemejaba a una larga serpiente.

Pero algo más se movía entre las rocas, un grupo de pequeños guerreros trepaban rápidamente en un continuo aparecer y desaparecer entre las sinuosidades del terreno.

Un grito de advertencia surgió de la garganta de los observadores.

A lo lejos una columna de polvo se elevaba amenazadora acercándose con rapidez persiguiendo a los pequeños guerreros que trataban de alcanzar un lugar seguro donde poder defenderse, el ascenso resultaba agotador, las fuerzas amenazaban con abandonarlos, los movimientos cada vez más lentos, síntoma inequívoco del cansancio acumulado durante las interminables jornadas de marcha.

[36] Espíritus de los elfos de montaña.

Avisaron a su jefe de lo que estaba sucediendo, aunque no sabían exactamente quiénes eran los perseguidos, una corriente de simpatía hacia ellos hizo que se preparasen para ayudarles en caso de necesidad.

Camehawait se acercó al borde de la explanada, evaluó la situación y buscó los movimientos característicos de su hermano.

La manera de correr, la forma en que vigilaba la retaguardia le resultaron conocidos, reconociendo en quién dirigía al grupo a su hermano pequeño.

Seguidamente se cercioró de que no faltaba ninguno. Todo el grupo había podido superar la primera fase de la prueba. Quedaba la parte más difícil.

Volviéndose hacia los que observaban, les dijo:

-Los que suben son nuestros hermanos. Se están enfrentando a la última prueba de sus "largas noches". La superarán si conocen la estrategia del cazador (paítohnix).

Todos se le quedaron mirando con curiosidad, habían oído hablar a los ancianos de la técnica utilizada por los antepasados, cuando todavía era posible vencer a los enemigos utilizando la mente. Pero todos ellos creían que todo ello eran invenciones de viejos.

Dirigió de nuevo la mirada a las rocas y vio a los muchachos colocarse en círculo con Punta de flecha, su hermano colocado en el centro, sonrió volviéndose a sus acompañantes les dijo:

-Observar cómo se han preservado las enseñanzas de los antepasados.

Elevando la cabeza entreabrió los labios y emitió un chillido que se hubiera confundido con el de un águila, inmediatamente le respondió un aullido emitido por una manada de lobos.

Todos comprendieron el lenguaje. Y las indicaciones que Camehawait les había dado a los muchachos, pero les asombro la contestación de ellos. Habían comprendido perfectamente lo que se exigía de ellos, pero solo una mujer de entre todos ellos entendió algo más. Recordó las reglas antiguas del "cazador" y dijo:

-Soy Mía Baagenaipe "La que anda en niebla". Y según los antepasados, en caso de máximo peligro pueden pedir ayuda al llegar al final de la prueba.

Camehawait miró detenidamente a la mujer, se trataba de las que le acompañaban desde en poblado del lago Waskesiu, era la mayor del grupo de mujeres, había dejado de ser una niña hacia unos años, y de no haber sido educada para mantener la tradición, estaría unida a algún guerrero y le habría dado hijos. Dedujo que era mayor que él, y también se dio cuenta de que ella conocía la dimensión de la prueba, alcanzar la comprensión de lo que debía hacer. Buscó un punto de referencia y les dijo:

-Ahora deberéis prestar atención a lo que vaya sucediendo. Solo cuando los atacantes penetren en la red del cazador y alcancen las tres rocas. Mía Baagenaipe y yo iniciaremos el ataque.

Miró a la mujer y esta asintió con un movimiento de cabeza, y siguió observando el movimiento de los dos grupos. Los atacantes habían dejado los caballos custodiados por un guerrero, mientras los demás se movían rápidamente entre las rocas, comenzando el espectáculo.

Algo se movía en el grupo de los muchachos, los observadores podían captar señales mentales que generaban una gran tela de araña en formase embudo dirigido hacia las tres rocas indicadas por Camehawait, cuatro muchachos se dirigían hacia ese punto a través de la red, otros cuatro quedaban ocultos a los ojos de los atacantes por una especie de polvo en suspensión que había surgido en segundos, al mismo tiempo que cuatro lobos blancos salían por detrás de los atacantes con aspecto amenazador obligándoles a dirigirse hacia la trampa de caza. En este punto Camehawait dijo:

-Es el momento.

Lo que pasó a partir de ese momento tenía todas las connotaciones de un ritual. Hombre y mujer se desnudaron y dejaron que las otras mujeres cubrieran sus cuerpos con pinturas y barro, dándoles un aspecto fantasmagórico. Tomaron sus armas y se dirigieron al punto establecido. Una niebla se iba extendiendo a cada paso que daban, ocultándolos de su presa. El cazador comenzaba la persecución de la presa, hombre y mujer convertidos en uno solo. Los sentimientos se entremezclaban, para Camehawait la situación era nueva, aunque había utilizado un método parecido, en este caso existía una excitación similar a la sexual que le hacía enfrentarse a la muerte como quien va en busca de su amada y eso le llevó a provocar casi obscenamente el contacto con el enemigo, emitiendo gritos de placer clavando y cortando con sus armas los cuerpos de sus enemigos, en un estado de verdadero éxtasis.

Mía Baagenaipe a su lado, sentía la fuerza emanada por Camehawait, produciéndole placer y deseo de ser poseída por esa fuerza. No se separó de quién en la batalla era su otra mitad. Era la primera vez que sentía todo aquello y le sorprendía la sensación de plenitud. Los sueños de sus ***"largas noches"*** le habían revelado lo que estaba viviendo, y desde ese momento supo que le daba un nuevo sentido a su vida.

Desde la explanada veían un torbellino de niebla girando dejando muertos a su paso como si se tratase de un ángel exterminador.

Mientras tanto los jóvenes habían escalado hasta el punto donde se encontraban los espectadores. Comenzaba a oscurecer cuando se fijaron en otro espectador que cuidaba los caballos y lleno de terror montaba en su caballo huyendo rápidamente.

Camehawait y Mía Baagenaipe fueron calmando la excitación producida por la lucha y su cercanía a la muerte. Se miraron el uno al otro y sus cuerpos desnudos envueltos en la sangre de otros, vibraron y respondieron a la vida exultante que se manifestaba en cada poro de su cuerpo, dieron rienda suelta a sus instintos primitivos y se fundieron acoplándose el uno en el otro, como momentos antes lo habían hecho en la refriega.

La mujer se abrió a los requerimientos del joven y utilizando su mayor experiencia lo fue dirigiendo hacia su interior. La adrenalina desatada durante la batalla, se manifestaba en la fusión de ambas energías traduciéndose en sudor, tensiones corporales, sus gargantas emitieron sonidos que denotaban placer que fue incrementando la intensidad hasta llegar a sentir la explosión final.

Después Camehawait sintió como se vaciaba, sus músculos se destensaron y su cuerpo quedó laxo sintiendo como parte del suyo el cuerpo de la mujer. Mía Baagenaipe se sintió plena de la energía del hombre, su pecho se llenó de un sentimiento cálido que no había sentido antes y sus manos acariciaron el cuerpo masculino. Se miraron y sonrieron. La vida y la muerte eran extremos de una misma cosa.

Se dejaron mecer por los sonidos de la noche y cubiertos por la vegetación seca, abrazados el uno al otro, sintiendo el calor de los cuerpos, se quedaron dormidos.

El sol trataba de abrirse canino entre las nubes, calentando tímidamente los cuerpos desnudos. Camehawait se desperezó mirando a Mía Baagenaipe con ternura, la despertó y dijo:

-Vamos ya estamos cerca.

Subieron rápidamente a la explanada donde sus compañeros los recibieron con gritos de triunfo.

Montaron en los caballos para hacer la última etapa. Cabalgaron un rato más por un bosquecillo y desembocaron en una planicie con una extraña roca al fondo. No estaban solos, en los últimos días había surgido un pequeño poblado al que acudían pequeños grupos supervivientes de las invasiones de pueblos enemigos.

Todos ellos esperaban su llegada, al verlos los recibieron contentos con la esperanza de poder vivir en paz en la nueva tierra.

Capítulo 15: El guardián de los sueños

-Ainga-Waani...iiii. Ainga-Waani...iiii.

El grito de llamada golpeó en las paredes del cañón multiplicando las vocales ultimas que se encadenaban hasta que se alejaban llegando a apagarse en un pesado silencio ocultando los remordimientos del niño que corría por un estrecho camino entre las rocas, aunque más que camino se trataba de una estrecha vereda por donde trepaban las cabras.

Había aprovechado un descuido de su madre para escaparse y dejar en libertad a su mente que lo arrastraba hacia aventuras imaginarias en las que se enfrentaba a guerreros tan grandes como montañas, y de las que salía victorioso.

Desde que su padre Camehawait se marchó al sur, muy lejos, a la tierra de sus parientes para hablar con los ancianos, su madre se había vuelto insoportable, no le dejaba ir al río ni a la gran roca. No podía cazar. Los demás niños eran pequeños y él estaba solo.

Eso le hacía jugar con el peligro escapándose para buscar nidos de pájaros en las rocas y arriesgarse al castigo su madre. En ese momento sentía un cosquilleo en el estómago, trataba de acallar la conciencia para adormilarla haciéndose inmune a las llamadas de su madre.

No era la primera vez que se escapaba aprovechando cualquier descuido materno, luego remoloneaba retrasando la hora de volver al poblado, el miedo a la reacción de Mía Baagenaipe le hacía buscar fórmulas que le fuesen acercando al domicilio familiar, procurando no acercarse excesivamente a su radio de acción.

No tardó mucho en descubrir que debía buscar a su abuelo que era su mayor defensor, siempre intercedía ante su madre, consiguiendo que fuese menor el castigo.

-Ainga-Waani...iiii. Ainga-Waani...iiii.

Otra vez la llamada rebotaba por las paredes del cañón, y otra vez también Ainga-Waani, hizo oídos sordos, echó a correr enfadado, gritando mientras corría:

-Ya no soy un niño pequeño. Ya tengo nombre, soy dezhi-boha'[37], tengo poderes.

Siguió corriendo para llegar a la boca de una cueva que había visto el día anterior, no atreviéndose a entrar en ella debido a la oscuridad, después había preparado yesca y un pedernal, junto con el cuchillo que colgaba de su costado, del que se sentía muy orgulloso porque había sido un regalo de su padre al ponerle nombre.

Sabía hacer fuego y ahuyentar a las sombras que habitaban en las profundidades de las cuevas.

Cuando llegó a la entrada, buscó unas ramas resinosas y se dispuso a hacer fuego. La llama iluminó el interior de la cueva, se trataba de un recinto más amplio de lo que esperaba.

El corazón le golpeaba con intensidad, percibía un olor extraño quedo mareaba. Se sentó recostando la espalda contra la pared y la cueva comenzó a tener vida propia, el suelo se elevaba y descendía y las paredes se le acercaban y separaban, desapareció la luz quedando todo en la oscuridad más intensa que una noche sin luna.

Se hundía en una masa densa, el cuerpo le pesaba mucho hasta que perdió la noción del cuerpo, pasando a sentir ligereza, ya

[37] Persona que daña a otros a través del poder sobrenatural.

no pesaba el cuerpo y quedaba suspendido en el aire, elevándose más y más, era como una pluma mecida por el viento, se atrevió a abrir los ojos y lo inundó la luz del sol, se encontraba por encima de las montañas, al fondo se encontraba el río Serpiente.

Continuó dejándose arrastrar por el viento, pasó por encima de valles y llanuras, hasta llegar a un cañón similar al que él conocía, una grieta en un muro de piedra, una escalera por la que descendió, llegando a una puerta cerrada protegida por un gran perro que le impedía la entrada.

Ainga-Waani sintió miedo al ver al animal, pero su vida se había desarrollado entre animales y sabía cómo dominar a los perros más fieros a los que se había enfrentado en más de una ocasión, se acercó a él y le fue susurrando suavemente:

-Soy Ainga-Waani hijo de Camehawait y de Mia Baagenaipe, ellos me han enseñado a soñar, y ahora tú estás en mi sueño. Soy tu hermano.

El perro se puso a su lado frotando la cabeza contra el muslo del niño y este le acarició entre las orejas y comenzando a andar dijo:

-Vamos

Atravesaron la puerta penetrando en una sala amplia, en la que desde algún lugar en el techo penetraba un rayo de luz que formaba un círculo en el centro de la sala iluminando a un anciano sentado en el suelo.

Su rostro surcado por infinidad de arrugas y sus ojos acuosos indicaban el paso del tiempo. Lo miró fijamente y haciéndole una señal con la mano para que se acercase, le dijo:

- ¿Quién eres?

Sorprendido y un poco asustado contestó con voz casi inaudible:

-Soy Ainga-Waani del clan del Lobo Blanco

Después de contestar, se sintió más seguro dando la sensación de haber crecido unos centímetros.

El anciano sonrió y preguntó:

- ¿Qué quieres de mí?

- ¿Quién eres tú?

El anciano volvió a sonreír ante el desparpajo del muchacho y poniéndose de pie con mayor soltura que la que podía esperarse de alguien tan anciano, acercándose al chico le contestó:

-Soy el Guardián de los Sueños, si me sirves podrás tener lo que desees.

Ainga-Waani le miró con descaro. Ya tenía bastante con la vigilancia de su madre, no quería que un desconocido le dijese lo que tenía que hacer.

Sabía que había sido engendrado entre dos mundos y su abuelo le había dicho que los sueños eran la riqueza de todo el clan siendo el soñador el instrumento para el mantenimiento de todas las tradiciones, se dio media vuelta y salió seguido del perro.

Despertó tendido en una piel de bisonte, sentía la cabeza pesada y la voz de su madre que preguntaba:

- ¿Dónde lo habéis encontrado?

Dirigió la pregunta a dos guerreros jóvenes que eran los que lo habían encontrado, uno de ellos le contestó:

-Lo habíamos visto salir del poblado tratando pasar desapercibido y cuando oímos que lo llamabas salimos a buscarlo.

Su compañero continuó con la explicación:

-Había entrado en la cueva de los espíritus del sueño, así es como estaba.

Levantó la piel de bisonte que cubría al niño, mostrando los brazos y piernas cubiertas de ampollas llenas de un líquido acuoso como si se tratasen de quemaduras. Un gran perro se acercó al niño y le lamió las llagas tratando de aliviar el dolor.

Todos los del poblado estaban preocupados por el estado del niño, lo consideraban un poco hijo de todos. Se trataba del primer niño nacido en la nueva tribu, gestado en circunstancias especiales.

Afortunadamente su madre Mía Baagenaipe, conocía los secretos de las plantas, pero inmediatamente un guerrero fue a buscar a Kokon (Serpiente que sopla) abuelo del niño y conocedor de muchos remedios.

Kokon retiró la piel que cubría la puerta de la vivienda y acercándose a su nieto miró puso su mano sobre las partes afectadas, sintiendo que desprendía mucho calor.

Ainga-Waani, lo miraba asustado, como pidiendo ayuda, y oyó la voz lejana de su abuelo que le decía:

- ¿Dónde has encontrado este perro?

Dirigió la vista hacia el animal que seguía lamiendo las ampollas y contestó con voz suave:

-No lo sé.

....

Johnny acompañado de un grupo de hombres armados e acercaban al lugar donde se encontraba el refugio que había hecho Toyakoy, al llegar a la roca fueron dando un rodeo para evitar caer en una trampa.

Ojo de Halcón dirigía la marcha tratando de descubrir cualquier anomalía en el terreno que le indicase la existencia de algún peligro.

Se acercó a la orilla del agua y vio las huellas de los pies de una mujer, en unas partes podían verse las pisadas más largas y lentas, mientras que en otras eran más cortas y rápidas.

Podía leer en ellas como si estuviera viendo a quién había dejado su impronta, una mujer había necesitado agua urgentemente, colocó la palma de la mano sobre la huella sintiendo el estado de la hierba hollada.

Los restos de una hoguera con las cenizas frías, unas matas de hierba disimulan la entrada a una pequeña cueva. Levantó la mano derecha para transmitir la señal de alto, sirviendo para que Johnny distribuyese a sus hombres sobre el terreno, mediante señas.

-Ojo de Halcón, mira en la cueva.

El ojeador se dispuso a cumplir la orden de su jefe, pero al tratar de acercarse una fuerza hasta entonces desconocida para él, le golpeó en el pecho lanzándolo al suelo como si se tratase de una pluma, al mismo tiempo pudieron percibir todos, una orden mental, tan nítidamente como si alguien se la hubieran gritado al oído.

-No podéis entrar, mi hermano y la chica se encuentran bien, pero si alguien da un paso, primero tendrá que enfrentarse a mí.

- ¡Atrás! ¡Atrás!

La voz de Johnny restalló con fuerza, haciendo que todos sus hombres quedasen inmovilizados cuando intentaban preparar sus fusiles, dispuestos para repeler un ataque, recordó la lucha con los helicópteros y habló dirigiéndose mentalmente a Takeshi:

-Ahora estoy tranquilo porque sé que mi hermano está seguro. Si tú eres hermano de mi hermano, también eres mi hermano.

- Bio'yipe se ha unido a Toyakoy ya hay escrito en las estrellas el nombre de un nuevo "primer hombre"

Johnny dejó escapar una sonora carcajada y volviéndose a sus hombres, les dijo:

- ¡Acampamos!

Capitulo16 La Puerta

Los gemelos corrían formando círculos en la explanada gritando excitados:
-Viene papá, viene papá.
-Jeremy, Winona, dejad de gritar, que todavía están lejos.

Los niños dejaron de correr y se quedaron mirando a su madre. Una mirada cómplice entre ellos, una sonrisa y vuelta al juego inicial, solo que su cancioncilla había modificado la letra.
-Viene con más gente, y viene Toyakoy.

Duupi los dejó seguir jugando y sonrío cariñosamente viéndolos tan excitados, dio media vuelta y se dirigió a la cocina rápidamente.
-Llamar a todos y preparad comida, tenemos invitados.

....

Laura Rostand sacó la mano por la ventanilla de su Dodge Neón enseñando su tarjeta de identificación al personal de seguridad de la entrada del edificio de la sede del IRPU. Aparcó y se dirigió a grandes pasos hacia el ala de investigación psicológica que internamente se la conocía como “la guardería”.

En ella se acogía a un grupo de niños Pies Negros que habían demostrado sus capacidades para realizar conexiones psicológicas.

Quería hablar con el director del proyecto para saber en qué estado se encontraban las investigaciones, entró en el despacho y sin mediar ningún saludo le espetó:
- Sabes donde se encuentra ¿No es así?

-Buenos días Laura. Estoy bien.

-Deja ya de tonterías y dime lo que sepas.

Laura se dejó caer en la silla pesadamente desabrochando los botones de su chaqueta, como si la tranquilidad del hombre le hubiese hecho descargar toda la tensión nerviosa en espera de las noticias que pudieran darle.

-Hemos estado tratando de conectar con ellos toda la semana. Se encuentran en Canadá y sabemos que tú protegido acabó con dos de nuestros hombres.

La doctora volvió a tensarse mientras trataba mentalmente de preparar una estrategia.

-Creo que Fred ha encontrado la puerta que llevamos tiempo buscando. Tenemos que conectar con alguien del grupo para descubrir lo que han descubierto.

Su interlocutor escuchaba en silencio y frotándose el mentón contestó mientras revisaba unas fichas en las que ese mismo día había hecho unas anotaciones.

-Tal vez tengamos suerte. Uno de nuestros niños ha conectado con otros dos niños que suelen hablar de la puerta.

-Tenéis que seguir esa pista y cuando tengas datos fiables me lo comunicas. Ahora voy a ver a mi padre.

....

Ainga-Waani adoptó su forma de animal y un bello zorro de color rojo se acercó a los niños que jugaban fuera de la casa.

- ¡Jeremy, ha vuelto!

El niño se acercó al animal y comenzó a acariciarlo, sabía que cuando tocaba su pelo, se iniciaba una conexión entre los dos que se completaba cuando Jeremy abría otra conexión con su hermana.

-Hola, ¿ya sabéis quién soy?

Rápidamente la niña se adelantó a su gemelo y sin dudarlo contestó

-Eres nuestro beaitembe-kenu (abuelo antepasado)

-Dentro de poco tiempo vendrá otro niño al que tendréis que cuidar.

- ¿Cómo papá con Bio'yipe?

-Si como vuestro papá con Bio'yipe. Esto no se lo debéis decir a nadie.

- ¿Tampoco a nuestro nuevo amigo?

-A ese no se lo deberéis decir nunca, si lo sabe se lo dirá a los hombres malos y tratarán de llevárselo.

Winona se quedó pensativa tratando de comprender lo que les había contado Zorro Rojo.

- ¿Y si le contamos mentiras?

No. Vamos a hacer otra cosa. Cuando quiera jugar con vosotros ya sabéis cómo conectar conmigo, yo hablaré con él como si fueseis vosotros. Ahora tengo que marcharme.

....

Los camiones se acercaban al lago Waskesiu, el final del camino era inminente, Silkah se acercó a Bio'yipe y colocando su mano encima de él, le dijo:

-Ahora es el momento.

Toyakoy sentada a su lado, lo miró con cariño haciendo un gesto afirmativo con la cabeza.

- ¡De acuerdo!

"Takeshi hermano, después de este viaje iremos a tu casa"

Puso su atención en el final del camino, dejando que su pensamiento llegase hasta el punto de destino. Mientras avanzaba el vehículo la línea del horizonte recorría el camino en forma inversa, hasta que los dos se unieron para dar paso a un valle de pastos altos.

Al fondo se veía un rancho en plena actividad, al parecer les habían avisado de su llegada. Condujeron los camiones hacia un hangar, dos niños se acercaban corriendo llegando justo en el momento que descendían de los vehículos.

-Papá, papá. Has llegado.

Los dos hablaban a la vez tratando de contarle a su padre todas sus cosas. Johnny se acercaba riendo al ver a los dos pequeños y cogiendo a cada uno con un brazo los besaba y recibía las caricias de sus hijos.

- ¡Que sorpresa Johnny! ¡Tienes dos hijos!

-Míralos bien Fred, este es Jeremy y esta Winona.

Se trataba de los nombres de sus padres, miró a Johnny agradecido por haber tenido ese detalle, cuando le iba a dar las gracias, vio llegar a dos mujeres, una mayor, podría tener unos setenta años y supuso que sería su abuela Sacajawea, pero al ver a la más joven, le dio un vuelco el corazón, los recuerdos se fueron agolpando, algo que había tratado de olvidar o, mejor dicho, guardar en lo más profundo de su mente, para que les fuese difícil salir a la luz.

No le dio tiempo a reaccionar, los niños otra vez fueron los protagonistas lanzándose desde los brazos de su padre para ir corriendo gritando a las dos mujeres:

-Mamá, abuela, lo decíamos nosotros, papá ha traído a Bio'yipe.

Fred no entendía nada, Duupi se tapó la boca para evitar que se le escapase un grito de asombro. Ambos se quedaron mirando un momento y lo comprendieron todo.

- ¡Bebé, eres mi bebé! ¡No te raptaron!

Los dos se fundieron en un abrazo mientras el resto no podían contener las lágrimas, y los niños corrían a abrazar a su madre y a su tío. Silkah se adelantó y llamando la atención a todos se dirigió a Sacajawea:

-Hola mamá, ya estamos todos en casa.

Demasiadas emociones para los dos hermanos que habían crecido huérfanos.

- ¡No eres Silkah!

-No, no lo soy, Silkah murió en el accidente junto a vuestro padre, pero él pudo decir antes de morir, "es un atentado salva a los niños"

Winona daba brincos gritando:

- ¡Viva, viva, ya estamos todos juntos! ¡También está Toyakoy!

Jeremy, se unió a su hermana gritando:

- ¡Y viene otro bebé!

Todos los presentes lo miraron asombrados, Jeremy dejó de gritar y se tapó la boca para no decir nada más, lo que provocó una carcajada generalizada y el rubor en Toyakoy.

....

Pasaron la frontera en vuelo rasante, evitaron las pocas zonas pobladas y pusieron rumbo al lago Waskesiu.

-Nuestros informadores nos dicen que se les ha visto en las cercanías al lago Waskesiu. Los niños nos indican el lago Cree,

-Estamos recibiendo imágenes del satélite de hace dos días, y se ven dos camiones dirigirse hacia el lago Cree.

- ¡Cambio de rumbo! ¡Buscad un pequeño valle al norte del lago!

Los helicópteros realizaron unas pasadas alrededor del lago y se dirigieron hacia un pequeño al acercarse, los sensores comenzaron a mostrar signos de vida.

Una manada de caballos los recibió levantando las cabezas para emprender un rápido trote al oír el ruido de los rotores, volaron por encima de un bosquecillo de abetos dando vista a una explanada cubierta de maleza que ocultaba los restos de lo que en otro tiempo había sido un rancho con mucha actividad como demostraba la extensión de las ruinas.

Tomaron tierra y recorrieron todo el terreno buscando evidencias. Huellas recientes de las rodadas de dos vehículos que finalizaban en las ruinas de un antiguo hangar, junto a una pluma de águila calva.

Una explosión de ira ante el nuevo fracaso hizo que Laura Rostand elevase la vista al cielo gritando:

-Te encontraré, aunque te escondas en mil mundos.

- ¡Vámonos jefa, no hay nada que hacer! ¡Aquí habitan los espíritus!

Nada más hablar, el jefe de los Cazadores de Montaña, miró hacia atrás con temor murmurando entre dientes:

- *Sogope mukua. (Tierra de espíritus)*

Epílogo

Un sonido intermitente rompía el silencio de la habitación de la primera planta del Hospital Gregorio Marañón de Madrid. La Luz tenue que iluminaba la cara de un joven demacrado dándole un aspecto cadavérico.

-Doctor. ¿Cómo se encuentra nuestro hijo?

-Estable. No podemos asegurar nada, tienen que estar preparados para cualquier eventualidad.

Luis González, había terminado su licenciatura de historia, tenía dos grandes pasiones que se complementaban. En ambos casos se manifestaba su carácter, era amante de la investigación y poseedor de un espíritu aventurero. Estas características quedaban totalmente reflejadas en la arqueología y la espeleología.

Estaba citado con sus compañeros espeleólogos en un pequeño restaurante de Cuchilleros, querían planificar la próxima salida.

Después de un cocido y una buena ración de churrasco los cuatro comensales se encontraban eufóricos, cada uno hacía propuestas a veces disparatadas, pero en todas existía un nexo de unión. El peligro.

Después de discutirlo y estudiar los pros y los contras, aceptaron la propuesta de Luis, una cueva no explorada, con entrada en la falda oeste de un pequeño monte, según sus informes constaba de varios niveles, el primero había servido de almacén donde el dueño de una pequeña finca cercana guardaba aperos de labranza y algún otro artículo.

-Cuando me contaron la existencia de esta cueva me fui interesando por ella. En varias ocasiones han tratado de explorarla, ocurriendo siempre lo mismo, al llegar a un punto, suceden cosas extrañas y no se han atrevido a seguir, puede ser miedo o leyendas, pero creo que deberíamos investigarlo.

-No nos has dicho si tiene nombre esa cueva misteriosa.

-Pues sí, tiene nombre "Cuevas del Marrullero" y se le conoce por él desde siempre.

- ¡Qué interesante! Engaño, mentira, trampa...

Una sonora carcajada, hizo que los comensales de las mesas cercanas los mirasen con benevolencia al ver a un grupo de jóvenes que se divertían, y elevando sus "chupitos" de orujo de hierbas, estos no eran conscientes de la atención despertada, y elevando la voz, dijeron todos a la vez como si se tratase de un grito de guerra:

- ¡A vencer ***al Marrullero***[38]!

....

Una puerta de madera agrietada daba paso a una cueva excavada en una ladera de un montículo en el que se asentaba una población desde tiempos inmemoriales. Ya Estabón indica que en la antigüedad la cumbre podía haber servido para rituales del fuego en los días de plenilunio.

Desde donde se encontraba el grupo de espeleólogos podía verse un barranco con los restos de una antigua ermita mozárabe.

-Esto puede quedar en "agua de borrajas". Siempre podremos ver lo que hay en esa ermita. ¡Vamos!

Como era habitual en ellos ataron una cuerda al arnés de Luis y abriendo la puerta penetraron en la cueva. La Luz del casco les

[38] Engañador con malas artes. Demonio.

indicaba el camino. Las escaleras excavadas en la piedra los condujo al segundo nivel. Una sala rectangular les sirvió para montar la base, desde ella se abrían dos pasillos que tendrían que explorar.

Después de observarlo todo bien, decidieron por unanimidad elegir uno de los pasillos por el que se introdujo Luis. No pasó mucho tiempo desde que se introdujese hasta que lo viesen aparecer de nuevo. Produciéndoles a todos, cierta curiosidad.

- ¿Pasa algo?

-Tiene buena pinta. Necesito una piqueta.

....

Los monitores de la habitación comenzaron a indicar un cambio en la actividad cerebral del paciente, a la vez los dedos tamborilearon en la ropa de la cama.

Los párpados iniciaron un movimiento rápido como si intentasen abrirse, pero selo impidiesen sus pestañas que se aferraban unas a otras.

-Llama al doctor, parece que puede despertar.

Los pasos rápidos se fueron alejando de la habitación, luego silencio, el sonido emitido por las máquinas volvieron a su cadencia uniforme, lenta y aburrida. Otros pasos se acercaban.

- ¿Ha habido algún cambio?

-Las máquinas han registrado movimiento, pero ha durado poco.

-No importa, es una buena señal. Siga vigilando por si se produce algún cambio.

Las voces fueron desapareciendo, quedando solamente el sonido acompasado de la bomba de aire y un bip repetido machaconamente.

-Dejarme dormir, ya he vuelto, no me pasa nada. Estos tontos creen que estoy en peligro. Ya he vuelto.

La oscuridad se fue abriendo para dar paso a imágenes entre la bruma. Un vehículo accidentado, dos cadáveres en los asientos delanteros en la parte de atrás, una mujer con la cara ensangrentada abraza a una niña de pocos meses, a su lado llora un niño de unos cuatro años llama desconsoladamente a su padre.

Un joven delgado se acerca rápidamente al vehículo accidentado, lanzando un grito de dolor al ver la escena, dándose cuentas del estado del piloto y copiloto.

Desde la parte trasera la mujer herida le da una orden con voz entrecortada:

-Johnny, llévate a la niña y llama a la policía.

- ¿Qué pasa con vosotros?

- ¡No hay tiempo! Llama al abuelo Matheus y cuéntalo lo que ha pasado. Él sabe lo que debe hacer.

Johnny cogió en sus brazos a la niña y se marchó del lugar del accidente. La mujer abrazó al niño cubriéndolo con su abrigo y lo fue tranquilizando para que dejase de llorar cantándole en voz baja una canción.

Un niño miraba al cielo
viendo un águila volar
viendo un águila volar
corría, extendía los brazos
para poderse elevar.

La voz se fue apagando hasta que dejó de oírse. El niño había dejado de llorar, se acercaron dos hombres que miraron en el interior del vehículo, uno de ellos retiró el abrigo que cubría al niño y sonriendo le dijo a su compañero:

- ¡Aquí está el niño!

- ¡Agárralo y vamos!

Se oyó la sirena de los coches policiales y de una ambulancia que se acercaban al lugar del accidente, la llegada inminente de los vehículos y la aparición de un grupo de curiosos, hizo que los hombres se retirasen sin cumplir su objetivo.

....

Tres meses más tarde Luis González convaleciente de un extraño accidente que lo había mantenido en coma durante veintiocho días, trataba de ver lo que había sucedido en el mundo durante el tiempo que había permanecido inconsciente, al pasar una hoja del periódico, una fotografía llamó su atención.

"Desaparece una niña tras un accidente en el que fallecen sus padres.

Duupi Jewel de dos meses de edad desaparece misteriosamente en el accidente sufrido por sus padres que fallecieron en el acto.

Según el F.B.I 2.100 niños menores de 17 años han desaparecido cada día durante el pasado año 2015 en los Estados Unidos"

¡Se trataba de la misma niña y no había desaparecido! No podía contárselo a nadie, pero investigaría.

Era tarde y se encontraba cansado, se fue a la cama con un poco de miedo. Desde que tuvo el accidente la noche se convertía en una pesadilla continuada, no sabía si era Luis González cualquier otro de los personajes de sus sueños. Había visto a Hojo Takeshi blandir una katana y a Fred Jewel matar con un hacha o un cuchillo, y ahora el periódico.........

¿Era todo parte de un sueño?

¿Se estaba volviendo loco?

Deseaba que llegase la mañana llevándose todas las ensoñaciones nocturnas y continuar con su vida anterior al accidente.

-Despierta, dormilón que es tarde.

La voz de su madre le hizo abrir los ojos somnolientos, quería seguir en la cama, todavía no se había repuesto desde que estuvo en la cueva, su mente había quedado en blanco ocultando un espacio de tiempo y tenía necesidad de recuperarlo.

Sus compañeros espeleólogos le habían dicho que había estado una hora hasta que lograron extraerlo de un pasadizo estrecho.

-*Según los análisis, aunque los resultados no son definitivos, es posible que hayas inspirado algún tipo de gas.*

Eso le habían dicho los médicos en el hospital, pero en contra de sus expectativas, todavía no había recuperado el tiempo olvidado, necesitaba comprenderlo todo, después de hablar con un psicólogo, la única solución que creía posible era la de someterse a una sesión de hipnosis.

-Buenos días Luis, te presento al doctor Merchán. Como te dije por teléfono lo he llamado para que supervise la sesión.

El doctor Ernesto Merchán catedrático de Psiquiatría en la U.C.M. había accedido a la petición de su amigo, interesado por el caso.

-Desde que mi amigo Martín me expuso tu caso, me interesó y creí conveniente realizar la supervisión del mismo, así que si estás de acuerdo vamos a comenzar.

Se encontraba de nuevo en el interior de la cueva, fue penetrando por un pasadizo que se empequeñecía hasta que llegó al punto de tener que arrastrarse por el suelo para poder continuar.

Percibió de nuevo el mismo olor que el día del accidente, no lo asociaba con ningún gas conocido, si sentía humedad, vegetación en descomposición, alguna clase de hongos, y todo se disparó.

Un destello de luz lo cegó, su cuerpo quedaba en tierra mientras que algo lo absorbía dentro de la luz. Flotaba como si se encontrase en el interior de un túnel de viento que hacía que se trasladarse sin esfuerzo.

Desde el aire podía dominar visualmente una gran extensión de paisaje, grandes edificios conformando una ciudad, desde el estado hipnótico comenzaba a inquietarse:

-No....no es posible.

-Tranquilo Luis, cuéntanos lo que estás viendo.

-Tenochtitlán, la ciudad de Tenochtitlán.

- ¿Que está pasando?

Luis seguía agitado, la ciudad desaparecía, convirtiéndose en un lugar totalmente distinto.

- ¡La puerta!

- ¿Que puerta?

- ¡Es la puerta!

El grado de intranquilidad crecía hasta alcanzar su punto álgido, el subconsciente se negaba a continuar, la oscuridad hizo que resaltasen unos ojos vigilantes. La voz lejana del doctor lo devolvió a la realidad.

EL VIAJERO DEL OTRO LADO DEL CAMINO

Auikyani

39

Nepa

Ojtli

---

[39] Viajero del otro lado del camino.

www.ingramcontent.com/pod-product-compliance
Ingram Content Group UK Ltd.
Pitfield, Milton Keynes, MK11 3LW, UK
UKHW021652190726
13853UKWH00001B/224

9 788461 785452